Cuentos escogidos

Colección dirigida por
Francisco Antón

Vicente Blasco Ibáñez

Cuentos escogidos

Ilustraciones

Francisco Solé

Notas y actividades

Emilio Sales

Vicens Vives

Primera edición, 2017
Primera reimpresión, 2017

Depósito Legal: B. 2.053-2017
ISBN: 978-84-682-4454-9
Núm. de Orden V.V.: LF79

Fechas de publicación de la primera edición
de los cuentos reunidos en esta antología:

«El dragón del Patriarca» (1893),
«Dimoni», «El femater» (recogidos en *Cuentos valencianos*, 1896),
«Golpe doble», «La barca abandonada» (recogidos en *Cuentos grises*, 1899)
y «Un hallazgo» (publicado en *Luna Benamor*, 1909).

IMPRESO EN ESPAÑA. PRINTED IN SPAIN.

Índice

Cuentos escogidos

Cuentos escogidos

El «femater»

I

El primer día que a Nelet[1] le enviaron solo a la ciudad, su inteligencia de chicuelo torpe adivinó vagamente que iba a entrar en un nuevo periodo de su vida.

Comenzaba a ser hombre. Su madre se quejaba al verle jugar a todas horas, sin servir para otra cosa, y el hecho de colgarle el capazo a la espalda, enviándolo a Valencia a recoger estiércol, equivalía a la sentencia de que en adelante tendría que ganarse el mendrugo negro[2] y la cucharada de arroz haciendo algo más que saltar acequias, cortar flautas en los verdes cañares o formar coronas de flores rojas y amarillas con los tupidos dompedros[3] que adornaban la puerta de la barraca.

Las «cosas» iban mal. El padre, cuando no trabajaba los cuatro terrones en arriendo,[4] iba con el viejo carro a cargar vino en Utiel;[5] las hermanas estaban en la fábrica de sedas hilando capullo;[6] la madre trabajaba como una bestia todo el día; y el pe-

1 En valenciano, **Nelet** es un diminutivo abreviado de Manuel.
2 El **pan negro**, elaborado con centeno, es el que comía la gente más humilde.
3 Los **dompedros** o dondiegos son plantas de vistosas y coloridas flores.
4 Esto es, 'los pequeños campos arrendados o alquilados'.
5 **Utiel**, al oeste de Valencia, es una comarca con una larga tradición vinícola.
6 **hilar capullo:** 'deshilar la fibra con la que el gusano de seda ha formado su crisálida'. La industria de la seda tuvo siempre un fuerte arraigo en Valencia.

queñín, que era el gandul de la familia, debía contribuir, con sus diez años, aunque no fuera más que agarrándose a la espuerta,[7] como otros de su edad, y aumentando aquel estercolero inmediato a la barraca, tesoro que fortalecía las entrañas de la tierra, vivificando su producción.

Salió de madrugada, cuando por entre las moreras[8] y los olivos marcábase el día con resplandor de lejano incendio. En la espalda, sobre la burda camisa, bailoteaban al compás de la marcha el flotante rabo de su pañuelo anudado a las sienes y el capazo de esparto, que parecía una joroba. Aquel día estrenaba ropa: unos pantalones de pana de su padre, que podían ir solos por todos los caminos de la provincia sin riesgo de perderse, y que, acortados por la tía Pascuala, se sostenían merced a un tirante cruzado a la bandolera.[9]

Corrió un poco al pasar por frente al cementerio de Valencia, por antojársele que a aquella hora podían salir los muertos a tomar el fresco; y cuando se vio lejos de la fúnebre plazoleta de palmeras, moderó su paso, hasta ser este un trotecillo menudo.

¡Pobre Nelet! Marchaba como un explorador de misterioso territorio hacia aquella ciudad que, bañada por los primeros rayos del sol, recortaba su roja crestería de tejados y torres sobre un fondo de blanquecino azul.[10]

---

7 Es decir, 'debía contribuir a la subsistencia familiar recurriendo a la cesta de palma o esparto (**espuerta**) con la que trabajaban los *fematers* ('personas cuyo oficio era recoger desperdicios orgánicos para abonar la tierra')'.

8 **moreras**: árboles de cuyas hojas se alimentan los gusanos de seda.

9 **a la bandolera**: desde uno de los hombros hasta la cadera contraria.

10 La silueta de los tejados y torres se recorta en el cielo y parece una **crestería** ('línea que forman los ornamentos de la parte superior de un edificio').

Dos o tres veces había estado allí, pero amparado por su madre, agarrado a sus faldas, con gran miedo a perderse. Recordaba con espanto la ruidosa batahola[11] del Mercado y aquellos municipales de torvo ceño y cerdosos bigotes,[12] terror de la gente menuda; pero, a pesar de los espantables peligros, seguía adelante, con la firmeza del que marcha a la muerte cumpliendo su deber.

En la puerta de San Vicente[13] se animó viendo caras amigas; *femater*s de categoría superior, dueños de una jaca vieja para cargar el estiércol y sin otra fatiga que tirar del ramal,[14] gritando por las calles el famoso pregón: «*Ama, hi ha fem?*».[15]

Uno de ellos era vecino del muchacho, y hasta se susurraba si andaba enamorado de una de sus hermanas, aunque no hacía más que dos años que estaba pensando en declararle su pasión, circunstancias que no impidieron que con pocas palabras diese un susto a Nelet.

De seguro que no llevaba licencia. ¿No sabía lo que era? Un papelote que había que sacar soltando dinero allá en el Repeso.[16] Sin ella había que menear bien las piernas para huir de los municipales. Como le pillasen, flojas «patás» le iban a soltar. Conque..., ¡ojo, *xiquet*![17]

---

11 **batahola**: griterío, jaleo.

12 Esto es, 'de gesto fiero (**torvo ceño**) y bigotes de pelo grueso y duro (**cerdosos**)'.

13 La **puerta de San Vicente** era una de las aberturas de la vieja muralla cristiana de la ciudad.

14 El **ramal** es la cuerda que se ata al cuello de las caballerías para conducirlas.

15 Esto es, 'ama, ¿tiene basura?'. El **ama** es la criada principal de una casa.

16 El **Repeso** era una institución municipal que controlaba la legalidad de las transacciones comerciales.

17 ***xiquet***: en valenciano, 'chiquillo'.

Y fortalecido por tan consoladoras advertencias, el pobre chico entró en la ciudad, buscando los callejones más solitarios y tortuosos, mirando con codicia los humeantes rastros que dejaban los caballos sobre los adoquines, sin atreverse a meter en su espuerta tales riquezas por miedo de agacharse y sentir en el hombro la mano de un sayón con quepis.[18]

Aquello forzosamente había de acabar mal.

Se olvidó de todo en una plazoleta, viendo cómo jugaban al toro un grupo de pelones[19] de larga blusa y grueso bolsón de libros, retardando el momento de entrar en la escuela; pero de improviso sonó el grito de «*la ful!*», anunciando la aparición de un municipal de los más feos, y todos se desbandaron al galope como tribu de salvajes sorprendida en lo mejor de sus misteriosos ritos.

Nelet huyó despavorido, pensando que en la maldita ciudad no se ganaba para sustos, la giba de esparto[20] sobre su espalda, y atropellando en la desbocada carrera a una vieja que barría tranquilamente su portal.

No sería floja la paliza que le soltarían en casa al verle de vuelta con el capazo vacío, y esta consideración fue lo que le dio valor. Llegaban hasta él los gritos de los otros *fematers* en las inmediatas calles, agudos, insolentes, como cacareos de gallo, y tímidamente, temblando de que alguien le oyese, murmuró, con voz que parecía el balido de un cordero:

—*Ama, hi ha fem?*

---

18 Esto es, 'un hombre fiero (**sayón**) con gorra militar (**quepis**)'. El narrador alude a un guardia urbano, que, en valenciano coloquial, se denominaba *ful.*

19 **pelón:** con el pelo muy corto o cortado al rape.

20 'La joroba (**giba**) de esparto', esto es, 'el capazo'.

Y así recorrió un par de calles.

—Entra, chiquillo, entra.

Era una buena mujer que le hacía señas, indicándole las barreduras que acababa de amontonar junto a una puerta. Pero ¡qué simpática resultaba aquella mujer! El regalo no era gran cosa: polvo, puntas de cigarro, mondaduras de patatas y hojas de col; el estiércol de una casa pobre. Nelet lo recogió todo con la satisfacción del aventurero que triunfa por primera vez, y siguió adelante, mirando los balcones, los pisos superiores, que él llamaba «casas grandes», donde se comía bien y en las covachas de la cocina había para meter la mano y el codo.

Pero, *¡rediel!*[21] —y se rascó la roja frente, llena de arañazos—, estaba perdiendo el tiempo. Había olvidado sus relaciones de la ciudad: la casa de Marieta, su hermana de leche,[22] donde había estado algunas veces con su madre.

Y tras indecisiones y rodeos, dio por fin con la calle sombría y solitaria cerca de los Juzgados, y el caserón de húmedo patio, en cuyo piso principal vivía don Esteban el escribano.[23]

Aquella mañana era de desgracias.

En el patio estaba la portera, una bruja, que le recibió escoba en mano, faltando poco para que le saludase con dos hisopazos[24] en la cara.

---

21 **¡rediel!**: eufemismo equivalente a *¡rediez!* ('¡rediós!').

22 Como se dirá más adelante, al morir su madre en el parto, Marieta fue amamantada por la madre de Nelet; de ahí que la niña sea **hermana de leche** del muchacho.

23 **escribano**: persona que actúa como un notario al dar fe de los documentos que se le presentan.

24 **hisopazos**: golpes dados con el **hisopo** ('objeto usado por el sacerdote para esparcir agua bendita'). La portera ve en el niño a una especie de demonio.

Ella no quería marranos que le ensuciasen la escalera. Todos los inquilinos tenían su *femater*. ¡Largo, granuja! ¡Quién sabe si subiría con intención de robar algo!

Y el tímido labradorcillo, retrocediendo ante la iracunda bruja, protestaba con voz débil, repitiendo siempre la misma excusa. Era el hijo de la tía Pascuala, a la que todo Paiporta[25] conocía, el ama de Marieta; ¿no era bastante?

Pero ni el nombre de la tía Pascuala ni el del mismo Espíritu Santo ablandaban a la portera y a su fiera escoba, y Nelet, retrocediendo, se vio en la calle, y allí se quedó como un bobo frente a una pared vieja, arañando los sueltos yesones[26] y espiando con el rabillo del ojo las evoluciones de la vieja. La vio sumirse en el cuchitril de la portería, y cautelosamente entró en el portal, lo cruzó sin ser visto y subió por la escalera de antiguos azulejos, tirando tímidamente del borlón de estambre[27] que colgaba ante la enorme y conventual puerta del primer piso.

No fue poco lo que se rio la criada, bravía moza de las montañas de Teruel, al abrir la puerta y encontrarse con aquel monigote panzudo que abultaba menos que su capazo.

¿Qué buscaba? Allí tenían quien se llevara el estiércol. Y Nelet, turbado por el buen humor de la churra,[28] no sabía qué decir.

Pero de pronto se abrió para él el cielo, o lo que es lo mismo, vio asomar por detrás de la falda de la criada una cara morena, prolongada y huesosa, con los rebeldes pelillos estirados cruel-

---

25 La localidad de **Paiporta** está situada pocos kilómetros al sur de la ciudad.

26 **yesones**: trozos de yeso que se desprenden de la pared.

27 **borlón de estambre**: 'cordón de lana', utilizado para tirar de la campanilla.

28 **churra**: persona que procede de Aragón o de las montañas de Valencia.

mente hacia el cogote, los ojos grandes y negros animados por una chispa de eterna curiosidad, y el cuerpo zancudo[29] y desgarbado por prematuro crecimiento.

La niña lo reconoció en seguida: no en balde transcurren los años durmiendo bajo el techo de la barraca y en la misma cama, y se pasan los días junto a la acequia, tendidos sobre el vientre, con la cara teñida de zumo de zanahorias. Era Nelet, el hijo del ama.[30]

Lo cogió de la mano con cierto aire de muchacho, propio del desgarbo con que llevaba las faldas, y los dos se dirigieron a la cocina seguidos por la sonriente churra, a quien le hacía gracia el aire tímido y enfurruñado[31] del chiquillo.

II

Llegó a su barraca con la espuerta sin llenar, pero no pudo decir que le había ido mal en su primera expedición.

Aquella churra le quería de veras, desde que supo que era nada menos que hermano de la señorita. Ella misma le llenó el capazo, vaciando todo el basurero de la cocina, sin importarle lo que pudiera murmurar el femater de la casa, un viejo que podía alegar los derechos adquiridos en once años. Nelet le desbancaba, y la buena muchacha, para afirmar su protección, le regaló con media cazuela de guisado de la noche anterior y una montaña de mendrugos, que el chico iba tragándose con la calma de

29 **zancudo**: de piernas largas.

30 **ama**: aquí, 'nodriza', 'mujer que da de mamar a un bebé de otra persona'.

31 **enfurruñado**: enfadado.

un rumiante, pensando que si duraba mucho la buena racha iba a ponerse tan redondo y frescote como el cura de Paiporta.

Pues ¿y Marieta? Le miraba comer con alegría, como si fuera ella misma la que saboreaba el guisado con hambre atrasada. Hasta quiso que le dieran vino, y apenas le veía hacer un descanso, pasaba revista a todos los de allá, preguntando cómo estaba el ama, si tenían muchos animales, si el padre aún iba por los caminos, si vivía el Negret,[32] aquel perrillo seco, almacén de pulgas, que aullaba como un condenado apenas se acercaban a la barraca, y si la higuera, tan frondosa en verano, soltaba aquella lluvia de lagrimones negros y suaves que caían —¡chap!— dulcemente en el suelo, despachurrando la miel y el perfume de sus entrañas rojas.

Y después, tras el sustancioso atracón, llegó para Nelet el momento de los asombros, viendo la colección de muñecas, los vestidos, los sombreros, todos los regalos con que el escribano obsequiaba a su hija.

Bien se conocía que esta era única, que había quedado sin madre casi al nacer, y que el viejo don Esteban no tenía otro cariño a que dedicar los buenos cuartos que arañaba en el Juzgado.

Seguía a su Marieta por toda la casa, admirando las magnificencias[33] que la chiquilla le mostraba con mal cubierta satisfacción de amor propio. El salón le anonadó[34] con sus sillerías del primer tercio de siglo y sus adornos, que evocaban el recuerdo

32 **Negret**: en valenciano, 'Negrito'.

33 **magnificencias**: aquí, 'objetos lujosos u ostentosos'.

34 **anonadó**: impresionó.

de las almonedas judiciales;[35] pero su admiración trocose[36] en espanto ante una puerta entornada. Allí dentro trabajaba el papá con sus dos escribientes, y se oía su voz campanuda: «Providencia[37] que dicta el señor juez…», etc.

¡Cristo! Aquello asustaba a Nelet más que los municipales, y emprendió la vuelta hacia la cocina.

En fin, que su primera visita le hizo experimentar la satisfacción del que se halla establecido y cuenta con clientela.

Entraba por las mañanas en la ciudad, tomando al paso lo que buenamente encontraba en las calles, y recto a aquel caserón, donde se colaba como si fuese un inquilino.

La bruja de la portera se guardaba ahora su escoba y hasta le protegía, recomendándolo a las criadas de los otros pisos, y en el principal tenía a la churra, que siempre encontraba en los rincones de la despensa algo sobrante, que antes era para los gatos y ahora se tragaba Nelet.

¡Qué mañanas aquellas! Llegaba cuando la casa estaba en el revoltijo del despertar. Los escribientes, en el despacho, se frotaban las manos, preparándose a agarrar las plumas y ensuciar papel de oficio;[38] la churra por allá dentro levantaba camas, dando furiosas bofetadas a los colchones,[39] y Marieta, de trapillo,[40] con

35 **almonedas judiciales**: subastas públicas de bienes embargados por la justicia.
36 **trocose**: se cambió.
37 **providencia**: resolución sobre un trámite de un proceso judicial.
38 El **papel de oficio** se utiliza para realizar trámites judiciales y administrativos y lleva un sello oficial.
39 La churra golpea los colchones para quitarles el polvo y para que recuperen su volumen, pues tras descansar sobre ellos, la lana del relleno se apelmaza y pierde su blandura.
40 Andar **de trapillo** es llevar ropa sencilla, de ir por casa.

la cabeza despeluznada[41] y una faldilla a media pierna, arañaba los pasillos con la escoba, para dar gusto al papá, que quería una chica «muy mujer de su casa».

Y en el comedor encontraba a don Esteban, el terrible escribano, imagen para Nelet de la justicia, que puede pegar y meter en la cárcel, sentado ante el humeante chocolate, con las gafas caladas para leer el periódico, y murmurando automáticamente al entrar el muchacho:

—¡Hola, chiquillo! ¿Cómo está la tía Pascuala?

Pero el terrible pasmarote[42] no tardaba en aislarse en su despacho, para preparar lo que luego había de decir al señor juez sobre el papel sellado, y la casa parecía alegrarse con tal desaparición.

Sonaban risas en aquel ambiente denso de habitaciones cerradas, donde flotaba aún el calor del sueño y el polvo levantado por la limpieza. Los gatos jugueteaban en la cocina con la espuerta del *femateret*, mientras este se sentía feliz ayudando a la churra con su buena voluntad de bruto de carga o charlando con Marieta de cosas tan interesantes como eran las últimas y verídicas noticias de cuanto ocurría en Paiporta y sus alrededores.

¡Oh! A aquella chica le tiraba aún la miserable barraca y los terruños sobre los cuales se había dado cuenta por primera vez de que existía. Hablaba de la tía Pascuala con más entusiasmo que de su madre, a la que solo había visto en el oscuro retrato que estaba en el salón, figura melancólica que parecía presentir ante el pintor la llegada de la maternidad del brazo de la muerte.

41 **despeluznada:** con el pelo revuelto, sin peinar.

42 **pasmarote:** persona que está embobada.

¡Qué bien se estaba en la barraca! Ya había transcurrido tiempo, pero ella recordaba, con la vaguedad de comprensión de los primeros años, aquellas noches pasadas en el *estudi*,[43] hundida en los mullidos colchones de hoja de maíz que cantaban al menor movimiento; defendida por el poderoso anillo de músculos que formaban los brazos de la nodriza, durmiéndose al calor de las voluminosas ubres siempre repletas y firmes; después, el alegre despertar cuando el sol se filtraba por las rendijas del ventanillo y piaban los gorriones en el techo de paja de la barraca contestando a los cacareos y gruñidos de los habitantes del corral; el fuerte perfume del trigo, las frescas emanaciones de la hierba y las hortalizas difundiéndose por el interior de la blanqueada vivienda, olores confundidos y arrullados por el vientecillo que, pasando por las filas de moreras y a través de la higuera, parecía hacer cantar a las temblonas hojas; y la vida bohemia, alegre y descuidada en los campos inmediatos, que recorrían con sus vacilantes piernas de dos años, sin atreverse a llegar a la revuelta del camino, lleno de barrizales y cruzado por los profundos surcos de las ruedas, pues su imaginación naciente había inventado que allí forzosamente debía terminar el mundo.

¿Y cuando el *pare*[44] llegaba de uno de aquellos largos viajes de carretero, y al oír los cascabeles de los machos[45] y el chirrido de las ruedas salían todos al camino a recibirle con cruces de caña, como si fueran una procesión de las de Paiporta? ¿Y cuando a la orilla de la acequia, casi seca, se coronaban de dompedros, col-

43 ***estudi***: en valenciano, 'dormitorio'.

44 ***pare***: en valenciano, 'padre'.

45 **machos**: mulos, animales que proceden del cruce entre un asno y un caballo.

gaban de su cintura largas hojas de caña, y con el verde faldellín paseábanse gravemente, imitando el paso de puntas de aquellas vírgenes y heroínas que salían en las cabalgatas del pueblo? ¿Y la vez que se pegaron por un higo? ¿Y cuando, hartos de zanahorias, teñíanse la cara de morado y se revolcaban por la rojiza tierra hasta parecer indios bravos, dejando como guiñapos[46] las finas y bordadas ropas que enviaba el escribano?

—¡Ah Nelet! ¡Qué malo eras entonces!...

Y la muchacha miraba por los balcones la estrecha calle, en la que vergonzosamente entraba un rayo de sol, y en su vaga mirada de pájaro enjaulado leíase el deseo de volar lejos, muy lejos, a aquellos campos donde la esperaban la vida libre y la adoración de toda una familia de infelices que la veneraban como procedente de una raza superior.

Pero el papá se oponía a que volviese a la barraca ni un solo día. Lo había dicho terminantemente: cada cosa a su tiempo, y ahora nada bueno podía aprender entre aquellos brutos.

Esta tenaz negativa recordaba a Nelet el momento en que se llevaron a la chica a Valencia; en que la robaron, sí señor, engañándola, diciendo que solo era para unos días y no tardaría en volver, mientras la pobrecita lloraba y él corría como un perrillo detrás de la tartana[47] pidiendo con lamentos al cruel escribano que no le quitase a su Marieta.

¡Rediel! Si fuese ahora, que era ya casi un hombre y le plantaba una pedrada al más guapo...

---

46 **guiñapos:** harapos, ropa rota.

47 **tartana:** carruaje tirado por caballos, generalmente de dos ruedas, con la cubierta abovedada y asientos laterales.

Y en esto sonaban las diez, salían los escribientes con sus badanas repletas de autos,[48] camino del Juzgado, y el principal, al ver al *femateret*, torcía el ceño.

—¿Pero aún estás ahí? Tú acabarás mal: eres un vago. ¡A la obligación, chiquillo!

Y el pequeño David, a pesar de aquellas pedradas certeras que le enorgullecían, temblaba ante el gigante,[49] con el terror que inspira al infeliz el hombre de justicia, y recogiendo su espuerta, salía cabizbajo, avergonzado, sin atreverse a mirar a Marieta…, y hasta el día siguiente.

Algunas veces, el recuerdo de la idílica existencia al aire libre perdía su encanto, y era Nelet quien envidiaba en la persona de su hermana[50] todas las comodidades y esplendores de la vida de la ciudad.

¡Qué lujos! Los vestidillos de seda y terciopelo, los sombreros que parecían islas de flores; todos los regalos de papá, que Marieta enseñaba con malsana coquetería, aturdían a Nelet; y como para él no había gradaciones sociales, como el mundo estaba dividido en gente del campo y «señorío», la hija del escribano aparecía a sus ojos igual o superior a aquellas otras que había visto algunas veces en los carruajes de lujo.

Marieta le dominaba, le hacía pasar embobado las mañanas en aquella casa, obedeciéndola servilmente como allá en la barraca cuando era una chicuela llorona y rabiosilla.

---

48 Esto es, 'carpetas de piel (**badanas**) llenas de expedientes judiciales (**autos**)'.

49 Nelet es comparado con el héroe israelita **David**, quien, con su honda, derribó de una pedrada al **gigante** filisteo Goliat (1 Samuel, 17).

50 Esto es, 'de su hermana de leche'.

Y transcurrió el tiempo, estrechándose cada vez más entre los dos hermanos aquel lazo de cariño creado en los albores[51] de su vida por la existencia casi silvestre.

Nelet se hacía hombre. A los quince años era ya una vergüenza que entrase por las mañanas en la ciudad con su espuerta, como un chiquillo. Trabajaba los campos en arriendo, mientras el padre andaba por los caminos, y para recoger basura en Valencia contaba con el auxilio de un jaco viejo que el carretero había traspasado a su hijo como desecho.

El pobre animal, cabizbajo como un misántropo,[52] con el flaco lomo martirizado por los serones[53] llenos, pasaba las horas frente a la casa del escribano, mirando con sus ojos vidriosos y empañados a la vieja portera, que hacía media, mientras su joven amo andaba por arriba regañando amistosamente con la churra o siguiendo como un siervo a la señorita.

Era ya todo un hombre, cortés y rumboso[54] con las personas de su aprecio. Bien le pagaba a la criada los antiguos guisotes trasnochados.[55] Nunca llegaba con las manos vacías, y del serón salían camino del primer piso el par de melones verdes y correosos, los pimientos inflamados y brillantes, las frescas lechugas con sus ocultos cogollos de ondulado marfil o las coles vistosas como flores de rizada blonda, dones que arrancaba directamente de sus terruños, y que, al faltar en estos, robaba

51 **los albores**: el comienzo.

52 **misántropo**: persona que rehúye el trato de la gente.

53 **serones:** especie de cestas donde las caballerías llevan su carga.

54 **rumboso**: generoso.

55 Esto es, 'los malos guisos (**guisotes**) que se han echado a perder por ser del día anterior (**trasnochados**)'.

tranquilamente en los campos del camino, con la impudencia[56] del chiquillo de huerta acostumbrado desde que andaba a gatas a atracarse de uvas y digerirlas ayudado por los pescozones de los guardas.

Y satisfecho con el agradecimiento que le mostraba la criada por sus obsequios, viendo siempre en Marieta a la rapazuela que en otros tiempos jugaba con él y le arañaba al más leve motivo, apenas si llegó a fijarse en la súbita transformación que iba operándose en la muchacha.

Redondeábase su cuerpo, aclarábase su tez[57] en extremo morena; las agudas clavículas y la tirantez del cuello iban dulcificándose bajo la almohadilla de carne suave y fresca que parecía acolchar su cuerpo; las zancudas piernas, al engruesarse, poníanse en relación con el busto. Y como si hasta a la ropa se comunicase el milagro, las faldas parecían crecer un dedo cada día, como avergonzadas de que estuvieran por más tiempo al descubierto aquellas medias que amenazaban estallar con la expansión de la robustez juvenil.

Marieta no iba a ser una beldad; pero tenía la frescura de la juventud, vigor saludable y unos ojazos valencianos, negros, rasgados y con ese misterioso fulgor que revela el despertar del sexo.

Y como si la niña adivinase la proximidad de algo grave y decisivo que la privaría en adelante de tratar a su hermano como si aún anduviesen por los campos, hablaba a Nelet con seriedad, evitando los juegos de manos, las intimidades propias de una infancia sin malicia ni preocupaciones.

56 **impudencia**: descaro.

57 **tez**: piel del rostro.

En fin, que un día, al entrar Nelet en la casa, quedose asombrado, como si un fantasma le hubiese abierto la puerta.

Aquella no era Marieta; se la habían cambiado.

Era una muñeca con el pelo arrollado y puntiagudo sobre la nuca, conforme a la moda, y una horrible falda larga que la cubría los pies.[58]

Parecía muy complacida de verse mujer, de haberse librado de la trenza suelta y la pierna al aire, signos de insignificancia infantil; pero a él le faltó poco para llorar, para protestar a gritos, como en aquella tarde que corría tras la tartana suplicando al feroz escribano que no le quitase la chiquita. Por segunda vez le arrebataban su Marieta.

Y después, ¡horror da recordarlo!, aquella churra despiadada parecía complacerse en su dolor haciéndole terribles advertencias.

El señor se lo había dicho, y ella lo repetía por encontrarlo muy justo y para evitarse reprimendas. Cada cual debía ponerse en su lugar. En adelante, nada de tuteos ni de Marietas y mucho de señorita María, que era el nombre de la única dueña de la casa. ¿Qué dirían las amiguitas al ver a un *femater* tratando tú por tú a la señorita? Conque ya lo sabía: el hermanazgo había terminado.

Y a Nelet, la silenciosa naturalidad con que Marieta, digo mal, la señorita María, escuchaba todo aquel cúmulo de absurdas recomendaciones, dolíale más que las palabras de la churra.

Todo lo dicho —continuaba esta— no era ni remotamente que se pretendiera cerrar al chico las puertas.

58 Blasco Ibáñez incurre en laísmos, como sucede aquí en «*la* cubría los pies».

Ya sabía que lo consideraban como de casa, y que toda la cocina era para él. Pero cada cual en su sitio, ¿estamos?

No olvidando esto, podía volver cuando quisiera.

III

Y volvió, *¡rediel!* ¿Pues no había de volver?

Ir a Valencia y no entrar en aquel caserón cerca de los Juzgados era un hecho que, por lo absurdo, no había pensado nunca que pudiera ocurrir.

Y allí iba todas las mañanas, a sufrir, reconociéndose cada vez más distanciado de aquella a quien tenía que llamar «la señorita».

¿Dónde estaba ya aquel afán por hablar de las cosas de la barraca?

Entraba Nelet en la casa con la confianza de siempre, pero notando en torno de él un ambiente de frialdad e indiferencia. Era el *femater*, y nada más.

Algunas veces intentó resucitar en María el entusiasmo por la pasada vida, hablándola del ama y de su familia que tanto la amaban, de aquella barraca en la que todos pensaban en ella; pero la joven oíale con cierto malestar, como si le causara repugnancia la rusticidad[59] de los de allá.

¡Ah, pobre Nelet! Decididamente le habían cambiado su Marieta. En aquella adorable muñeca no había nada en que vibrase el recuerdo del pasado. Parecía que en su cabeza, al cubrirse con el peinado de mujer, se habían desvanecido todos los ensueños de poesía campestre.

59 **rusticidad**: ordinariez, falta de finura.

Tenía el pobre muchacho que contentarse sosteniendo largas conversaciones con la churra en aquella cocina a la que llegaba el tecleo monótono de la señorita, que estudiaba sus lecciones en el piano del salón. Aquellas escalas incoherentes y pesadas se le metían en el alma, conmoviéndole más que las melodías del órgano de la iglesia de Paiporta.

Y para colmo de sus penas, la criada no sabía hablar más que de don Aureliano, un personaje que preocupaba a Nelet y al que acabó por conocer deteniéndose un día en la puerta del despacho del escribano.

Era un jovencillo pálido, rubio, enclenque, con lentes de oro y ademanes[60] nerviosos; un abogado recién salido de la Universidad, que se preparaba con la práctica para ser habilitado[61] de don Esteban, ansioso de descanso, y que al fin acabaría por hacerse dueño del despacho.

¡Y que parase ahí! Esto no lo decía el pobre *femater*, pero lo pensaba con la confusión propia de su caletre.[62] Aquel barbilindo,[63] que tendría cinco o seis años más que él, era una espina que llevaba clavada en el corazón.

Deseoso de reconquistar el afecto de la señorita, Nelet multiplicaba sus obsequios con tanta rudeza como buena voluntad.

El jamelgo[64] llegaba muchas veces a Valencia con los serones llenos de frutas o frescas hortalizas; los campos del camino tem-

60 **ademanes**: gestos.
61 **habilitado**: auxiliar preparado para suplir a un superior en el trabajo.
62 **caletre**: talento, juicio.
63 **barbilindo**: presumido, que se preocupa mucho por su aspecto.
64 **jamelgo**: caballo viejo y desgarbado.

blaban al verle venir, temiendo su loca rapiña, su inmoderado afán de obsequiar, sin acordarse que hay dueños en el mundo y guardas que pueden pegar una paliza; pero tanto sacrificio no merecía más que alguna automática sonrisa o un «¡Gracias!» como se da a cualquiera, y los regalos iban a la cocina, sin alcanzar otros elogios que los de la churra.

En cambio, sobre la mesa del comedor, o en el salón, sobre el piano, todas las mañanas veía el pobre Nelet ramos de flores frescas, recién traídas del mercado y que María aspiraba con pasión de mujer que despierta, como si en vez de perfume de jardines aspirase otro que llegaba más directamente a su corazón.

Eran regalos del tal don Aureliano, de aquel danzarín, para quien resultaba ya estrecho el despacho, y con la pluma tras la oreja y fingiendo mil pretextos se metía hasta en la cocina solo por ver un instante a María y cruzar una sonrisa.

¡Y cómo se coloreaba el semblante de ella…, Cristo!

Toda la sangre moruna que el huertano tenía en su atezado[65] cuerpo inflamábase ante aquel don Aureliano, que era casi de su edad y del que no le separaba más que su categoría de señorito.

Nelet, a los dieciséis años, comprendía ya el motivo de que los hombres se cieguen y vayan a presidio.

Lo único que le detenía era la certeza de que don Esteban, el terrible ogro, apreciaba a aquel pisaverde[66] y le irritaría cuanto él hiciese en su daño.

Además, se consolaba con la esperanza de que todas sus rabietas carecían de fundamento. Nada de extraño tenía que el

65 **atezado**: moreno, tostado por el sol.
66 **pisaverde**: presumido.

abogadillo buscase a Marieta. ¡Era tan bonita y tan buena! Pero de seguro que ella no le hacía gran caso; Nelet tenía la certeza de esto y también de que la frialdad de su antigua hermana no pasaba de ser una mala racha, un caprichito como los que tenía de niña allá en la barraca, donde tanto le martirizaba con su mal genio.

¡Pues no faltaba más, que ella resultase una ingrata, con tanto como la amaban allá, en Paiporta, y él sobre todos!

Una mañana entró en la casa, encontrando la puerta abierta. La churra no estaba en la cocina. En el despacho leía don Esteban con la nariz casi pegada a unos autos, y en el salón sonaba el monótono tecleo, formando escalas cada vez más perezosas y desmayadas.

Entró con su paso cauteloso de morisco,[67] que aún hacían más imperceptible las ligeras alpargatas, y al reflejarse su figura en un espejo como silenciosa aparición, María dio un grito de sorpresa y de miedo.

Allí estaba el maldito abogadillo de los lentes de oro, casi doblado sobre el piano, al lado de María, como si fuese a volver una hoja del cuaderno que ocupaba el atril,[68] pero con la cabeza tan junta a la de la joven, que parecía querer devorarla.

¡Rediel!… ¿Para cuándo eran las bofetadas?

Y lo peor fue que María, aquella Marieta que un año antes le trataba a cachetes como traviesa y cariñosa hermana, aquella a

67 El símil reproduce la creencia popular de que los **moriscos** ('musulmanes que tras la Reconquista se bautizaron y permanecieron en España') eran personas falsas y recelosas, de conducta cautelosa.

68 **atril**: soporte usado para sostener partituras o libros abiertos.

la que nunca quiso comparar con su madre, temiendo que esta resultase menos querida, le miró fijamente, con un relampagueo de odio, y se puso en pie con el ademán de una señora bien segura de la sumisión de su siervo.

¿Qué buscaba allí? En la cocina tenía a la criada. ¿No podía estudiar tranquila un rato?

Nunca pudo recordar Nelet cómo salió del salón. Debió retroceder cabizbajo y vacilante, como una bestia herida. Le zumbaban los oídos, su cara quemaba, y pensando en aquel otro que se quedaba tranquilo y satisfecho junto al piano, repetíase mentalmente: «¡Dios mío, qué vergüenza!».

Estaba inmóvil en mitad del corredor que conducía al salón, con el rostro en la pared, como si quisiera incrustarlo en ella, cegar para siempre, y aun así todavía recibió el último latigazo oyendo la vocecilla del de los lentes de oro.

—¡Moscón más pesado! Ese muchacho parece que me odie, que nos persiga como si sintiera celos.

—¡Qué idea! Es el hijo de mi nodriza: un infeliz, un bruto..., pero con buen corazón.

Y tras breve pausa sonaron, amortiguados por los cortinajes, dos chasquidos leves y misteriosos, que los sintió Nelet como un par de puñaladas. Tal vez era el piano que crujía o la hoja del cuaderno que se doblaba; pero el pobre muchacho, después de un instintivo impulso de correr hacia el salón con los puños cerrados, huyó, dejando el capazo en la cocina como tarjeta de visita; y ya en la calle, arreó su jaco, con los serones vacíos, camino de la barraca.

Por tercera vez le robaban su Marieta: ya era bastante.

Ahora solo tendría cariño para su madre, para aquellos terruños que, apenas arañados, correspondían a su caricia cubriéndose con manto verde terciopelo y regalándole el pan.

No volvió más a Valencia: odiaba a la ciudad porque ella estaba allí.

Y como los *femeters* no pagan contribución directa, nadie se enteró de que en el gremio[69] había una baja.

69 **gremio**: conjunto de personas que tienen el mismo oficio.

La barca abandonada

Era la playa de Torresalinas,[1] con sus numerosas barcas en seco,[2] el lugar de reunión de toda la gente marinera. Los chiquillos, tendidos sobre el vientre, jugaban a la carteta[3] a la sombra de las embarcaciones, y los viejos, fumando sus pipas de barro traídas de Argel, hablaban de la pesca o de las magníficas expediciones que se hacían en otros tiempos a Gibraltar y a la costa de África, antes que al demonio se le ocurriera inventar eso que llaman la Tabacalera.[4]

Los botes ligeros, con sus vientres blancos y azules y el mástil[5] graciosamente inclinado, formaban una fila avanzada al borde de la playa, donde se deshacían las olas, y una delgada lámina de agua bruñía[6] el suelo cual si fuese de cristal; detrás, con la embetunada[7] panza sobre la arena, estaban las negras barcas

---

1 Blasco Ibáñez escribió «La barca abandonada» en Torrevieja (Alicante), cuyas playas le sirvieron de escenario para la acción del cuento.

2 **en seco**: fuera del agua, sobre la arena.

3 **carteta**: juego de naipes que consiste en hacer parejas.

4 La Compañía Arrendataria de Tabacos (**Tabacalera**) se creó en 1887 con el fin de regular la fabricación y venta de tabaco. Para ello, se perseguían **expediciones** de contrabando semejantes a la que se relata en este cuento.

5 **mástil:** palo más alto de una embarcación en el que se sujetan las velas.

6 **bruñía**: abrillantaba.

7 **embetunada**: 'negra y brillante', como si la hubieran untado de betún.

del *bou*,[8] las parejas que aguardaban el invierno para lanzarse al mar, barriéndolo con su cola de redes; y, en último término, los laúdes[9] en reparación, los abuelos, junto a los cuales agitábanse los calafates embadurnándoles los flancos con caliente alquitrán,[10] para que otra vez volviesen a emprender sus penosas y monótonas navegaciones por el Mediterráneo: unas veces a las Baleares con sal; otras, a la costa de Argel con frutas de la huerta levantina, y muchas, con melones y patatas para los soldados rojos de Gibraltar.[11]

En el curso de un año, la playa cambiaba de vecinos; los laúdes ya reparados se hacían a la mar y las embarcaciones de pesca eran armadas y lanzadas al agua; solo una barca abandonada y sin arboladura[12] permanecía enclavada en la arena, triste, solitaria, sin otra compañía que la del carabinero[13] que se sentaba a su sombra.

El sol había derretido su pintura; las tablas se agrietaban y crujían con la sequedad, y la arena arrastrada por el viento había invadido su cubierta. Pero su perfil fino, sus flancos recogidos y la gallardía[14] de su construcción delataban una embarcación ligera y audaz, hecha para locas carreras, con desprecio a los peligros del mar. Tenía la triste belleza de esos caballos viejos

---

8 La pesca del **bou** o de arrastre, frecuente en el Mediterráneo, consiste en lanzar la red por la borda de la barca y arrastrarla por el fondo del mar.

9 **laúd**: pequeña embarcación de pesca propia del Mediterráneo.

10 Los **calafates** se encargan de *calafatear* los cascos de los barcos, o sea, de sellarlos con **alquitrán**, estopa, etc., para que no se filtre el agua entre las maderas.

11 Los **soldados rojos** son los soldados ingleses, que vestían casacas de ese color.

12 **arboladura**: conjunto de palos de una embarcación.

13 **carabinero**: soldado encargado de perseguir el contrabando.

14 **gallardía**: elegancia, belleza.

que fueron briosos corceles,[15] y caen abandonados y débiles sobre la arena de las plazas de toros.

Hasta de nombre carecía. La popa[16] estaba lisa, y en los costados ni una señal del número de filiación y nombre de la matrícula; un ser desconocido que se moría entre aquellas otras barcas tan orgullosas de sus pomposos[17] nombres, como mueren en el mundo algunos, sin desgarrar el misterio de su vida.

Pero el incógnito[18] de la barca solo era aparente. Todos la conocían en Torresalinas, y no hablaban de ella sin sonreír y guiñar un ojo, como si les recordase algo que excitaba malicioso regocijo.

Una mañana, a la sombra de la barca abandonada, cuando el mar hervía bajo el sol y parecía un cielo de noche de verano, azul y espolvoreado de puntos de luz, un viejo pescador me contó la historia.

—Este falucho[19] —dijo acariciándole con una palmada el vientre seco y arenoso— es el *Socarrao,*[20] el barco más valiente y más conocido de cuantos se hacen al mar desde Alicante a Cartagena. ¡Virgen Santísima! ¡El dinero que lleva ganado este *condenao*! ¡Los duros que han salido de ahí dentro! Lo menos lleva hechos veinte viajes desde Orán a estas costas, y siempre con la panza bien repleta de fardos.

---

15 **briosos corceles**: caballos ligeros, que se mueven con gracia y desenvoltura.

16 **popa**: parte trasera de un barco.

17 **pomposos**: llamativos, ostentosos.

18 **incógnito**: secreto.

19 **falucho**: barco con una gran vela triangular que navega por la costa.

20 ***Socarrao*** significa 'tostado, requemado', si bien aquí, como apunta el pescador más adelante, tiene la acepción figurada de 'individuo irascible, de mal genio'.

El bizarro y extraño nombre de *Socarrao* me admiraba[21] algo, y de ello se apercibió el pescador.

—Son motes, caballero; apodos que aquí tenemos, lo mismo los hombres que las barcas. Es inútil que el cura gaste sus latines[22] con nosotros; aquí quien bautiza de veras es la gente. A mí me llaman Felipe; pero si algún día me busca usted, pregunte por Castelar,[23] pues así me conocen, porque me gusta hablar con las personas, y en la taberna soy el único que puede leer el periódico a los compañeros. Ese muchacho que pasa con el cesto de pescado es Chispas, a su patrón le llaman el Cano, y así estamos bautizados todos. Los amos de las barcas se calientan el caletre[24] buscando un nombre bonito para pintarlo en la popa. Una, la *Purísima Concepción*; otra, *Rosa del mar*; aquella, los *Dos amigos*; pero llega la gente con su manía de sacar motes, y se llaman la *Pava*, el *Lorito*, la *Medio rollo*, y gracias que no las distingan con nombres menos decentes. Un hermano mío tiene la barca más hermosa de toda la matrícula;[25] la bautizamos con el nombre de mi hija: *Camila*; pero la pintamos de amarillo y blanco, y el día del bautizo se le ocurrió a un pillo de la playa que parecía un huevo frito. ¿Querrá usted creerlo? Solo con este apodo la conocen.

—Bien —le interrumpí—; pero ¿y el *Socarrao*?

21 **bizarro:** 'lucido, llamativo', pero también 'bravo, valiente'; **me admiraba:** me sorprendía.

22 **latines:** palabras en latín que emplea el cura en ceremonias como los bautizos.

23 El apodo se debe a Emilio Castelar (1832-1899), escritor y político de ideas republicanas, célebre por sus discursos y por su talento para la oratoria.

24 Es decir, 'piensan mucho, le dan vueltas a la cabeza (**caletre**)'.

25 **matrícula:** lista oficial en la que se inscriben las embarcaciones.

—Su verdadero nombre era el *Resuelto*, pero por la prontitud con que maniobraba y la furia con que acometía los golpes de mar, dieron en llamarle el *Socarrao*, como a una persona de mal genio... Y ahora vamos a lo que ocurrió a este pobre *Socarraíco* hace poco más de un año, la última vez que vino de Orán.

Miró el viejo a todos lados, y, convencido de que estábamos solos, dijo con sonrisa bonachona:

—Yo iba en él, ¿sabe usted? Esto no lo ignoraba nadie en el pueblo; pero si yo se lo digo, es porque estamos solos y usted no irá después a hacerme daño. ¡Qué demonio! Haber ido en el *Socarrao* no es ninguna deshonra. Todo eso de aduanas y carabineros y barquillas de la Tabacalera no lo ha creado Dios: lo inventó el Gobierno para hacernos daño a los pobres, y el contrabando no es pecado, sino un medio muy honroso de ganarse el pan exponiendo la piel en el mar y la libertad en tierra. Oficio de hombres enteros y valientes, como Dios manda.[26]

»Yo he conocido los buenos tiempos. Cada mes se hacían dos viajes, y el dinero rodaba por el pueblo que era un gusto. Había para todos: para los de uniforme, pobrecitos que no saben cómo mantener su familia con dos pesetas, y para nosotros, la gente de mar.

»Pero el negocio se puso cada vez peor, y el *Socarrao* hacía sus viajes de tarde en tarde, con mucho cuidado, pues le constaba al patrón que nos tenían entre ojos y deseaban meternos mano.[27]

---

26 La reivindicación del viejo pescador refleja uno de los temas recurrentes de la obra de Blasco Ibáñez: el conflicto entre las antiguas costumbres y los nuevos tiempos, vinculados con frecuencia a los esfuerzos del Gobierno y las autoridades por imponer una legislación impopular.

27 Esto es, 'nos aborrecían y deseaban detenernos'.

»En la última correría íbamos ocho hombres a bordo. En la madrugada habíamos salido de Orán, y a mediodía, estando a la altura de Cartagena, vimos en el horizonte una nubecilla negra, y al poco rato un vapor[28] que todos conocimos. Mejor hubiéramos visto asomar una tormenta. Era el cañonero de Alicante.

»Soplaba buen viento. Íbamos en popa, con toda la gran vela de frente y el foque[29] tendido. Pero con estas invenciones de los hombres, la vela ya no es nada, y el buen marinero aún vale menos.[30]

»No es que nos alcanzaran, no señor. ¡Bueno era el *Socarrao* para dejarse atrapar teniendo viento! Navegábamos como un delfín, con el casco inclinado y las olas lamiendo la cubierta; pero en el cañonero apretaban las máquinas, y cada vez veíamos más grande el barco, aunque no por eso perdíamos mucha distancia. ¡Ah, si hubiéramos estado a media tarde! Habría cerrado la noche sin que nos alcanzara, y cualquiera nos encuentra en la oscuridad. Pero aún quedaba mucho día, y corriendo a lo largo de la costa era indudable que nos pillarían antes del anochecer.

»El patrón manejaba la barra con el cuidado de quien tiene toda su fortuna pendiente de una mala virada.[31] Una nubecilla blanca se desprendió del vapor y oímos el estampido de un cañonazo.

28 **vapor**: barco que funciona con máquinas de vapor, no con velas.

29 **foque**: vela triangular.

30 El lamento del viejo pescador, que se duele de que los avances tecnológicos arrumben la navegación con vela, aparece en otros cuentos («Lobos de mar») y novelas (*Mare Nostrum*) de Blasco Ibáñez. El autor estaba familiarizado con la marinería y admiraba a los grandes héroes de la navegación.

31 **virada**: cambio de rumbo.

»Como no vimos la bala, comenzamos a reír, satisfechos y hasta orgullosos de que nos avisasen tan ruidosamente.

»Otro cañonazo; pero esta vez con malicia. Nos pareció que un gran pájaro pasaba silbando sobre la barca, y la entena[32] se vino abajo con el cordaje roto y la vela desganada. Nos habían desarbolado, y al caer el aparejo[33] le rompió una pierna a uno de la tripulación.

»Confieso que temblamos un poco. Nos veíamos cogidos, y, ¡qué demonio!, ir a la cárcel como un ladrón por ganar el pan de la familia es algo más temible que una noche de tormenta. Pero el patrón del *Socarrao* era hombre que valía tanto como su barca:

»—Chicos, eso no es nada. Sacad la vela nueva. Si sois listos no nos cogerán.

»No hablaba a sordos, y como listos no había más que pedirnos. El pobre compañero se revolvía como una lagartija, tendido en la proa, tentándose[34] la pierna rota, lanzando alaridos y pidiendo por todos los santos un trago de agua: ¡para contemplaciones estaba el tiempo![35] Nosotros fingíamos no oírle, atentos únicamente a nuestra faena, separando el cordaje y atando a la entena la vela de repuesto, que izamos a los diez minutos.

»El patrón cambió el rumbo. Era inútil resistir en la mar a aquel enemigo que andaba con humo y escupía balas. ¡A tierra, y que fuese lo que Dios quisiera!

---

32 **entena**: palo largo y encorvado al que se sujeta la vela latina, que es triangular y suele izarse en dirección contraria a la que sopla el viento.

33 O sea, 'habían destruido los palos y mástiles de la embarcación (**aparejo**)'.

34 **proa**: parte delantera del barco; **tentándose**: tocándose, palpándose.

35 El viejo quiere decir que, dada la gravedad de la situación, no era el momento de tener consideraciones o miramientos (**contemplaciones**).

»Estábamos frente a Torresalinas. Todos éramos de aquí y contábamos con los amigos. El cañonero, viéndonos con rumbo a tierra, no disparó más. Nos tenía cogidos, y, seguro de su triunfo, ya no extremaba la marcha.[36] La gente que estaba en esta playa no tardó en vernos, y la noticia circuló por todo el pueblo. ¡El *Socarrao* venía perseguido por un cañonero!

»Había que ver lo que ocurrió. Una verdadera revolución: créame usted, caballero. Medio pueblo era pariente nuestro, y los demás comían más o menos directamente del «negocio». Esta playa parecía un hormiguero. Hombres, mujeres y chiquillos nos seguían con mirada ansiosa, lanzando gritos de satisfacción al ver cómo nuestra barca, haciendo un último esfuerzo, se adelantaba cada vez más a su perseguidor, llevándole una media hora de ventaja.

»Hasta el alcalde estaba aquí, para servir en lo que fuera bueno. Y los carabineros, excelentes muchachos que viven entre nosotros y son casi de la familia, hacíanse a un lado, comprendiendo la situación y no queriendo perder a unos pobres.[37]

»—¡A tierra, muchachos! —gritaba nuestro patrón—. Vamos a embarrancar.[38] Lo que importa es poner en salvo fardos y personas. El *Socarrao* ya sabrá salir de este mal paso.

»Y, sin plegar casi el trapo,[39] embestimos la playa, clavando la proa en la arena. ¡Señor, qué modo de trabajar! Aún me parece un sueño cuando lo recuerdo. Todo el pueblo se tiró sobre la

36 Esto es, 'no aceleraba'.

37 Es decir, 'no queriendo detenerlos y arruinarles la vida'.

38 **embarrancar**: sacar la barca del mar y encallarla en la arena.

39 **trapo**: vela.

barca, la tomó por asalto: los chicuelos se deslizaban como ratas en la cala.

»—¡Aprisa! ¡Aprisa! ¡Que vienen los del Gobierno!

»Los fardos saltaban de la cubierta: caían en el agua, donde los recogían los hombres descalzos y las mujeres con la falda entre las piernas; unos desaparecían por aquí, otros se iban por allá; fue aquello visto y no visto, y en poco rato desapareció el cargamento, como si se lo hubiera tragado la arena. Una oleada de tabaco inundaba a Torresalinas, filtrándose en todas las casas.

»El alcalde intervino entonces paternalmente:

»—¡Hombre, es demasiado! —dijo al patrón—. Todo se lo llevan, y los carabineros se quejarán. Dejad al menos algunos bultos para justificar la aprehensión.[40]

»Nuestro amo estaba conforme:

»—Bueno; haced unos cuantos bultos con dos fardos de la peor picadura.[41] Que se contenten con eso.

»Y se alejó hacia el pueblo, llevándose en el pecho toda la documentación de la barca. Pero aún se detuvo un momento, porque aquel diablo de hombre estaba en todo:

»—¡Los folios! ¡Borrad los folios![42]

»Parecía que a la barca le habían salido patas. Estaba ya fuera del agua y se arrastraba por la arena en medio de aquella multitud que bullía y trabajaba, animándose con alegres gritos.

»—¡Qué chasco! ¡Qué chasco se llevarán los del Gobierno!

---

40 El alcalde les pide que dejen algunos fardos de tabaco para que los carabineros puedan demostrar que han confiscado material de contrabando.

41 **picadura**: tabaco picado para liar cigarrillos.

42 Los **folios**, como se explica más adelante, son las cédulas que sirven para identificar al propietario de un barco y su procedencia.

»El compañero de la pierna rota era llevado en alto por su mujer y su madre. El pobrecillo gemía de dolor a cada movimiento brusco, pero se tragaba las lágrimas y reía también, como los otros, viendo que el cargamento se salvaba y pensando en aquel chasco que hacía reír a todos.

»Cuando los últimos fardos se perdieron en las calles de Torresalinas, comenzó la rapiña de la barca. El gentío se llevó las velas, las anclas, los remos: hasta desmontamos el mástil, que se cargó en hombros una turba de muchachos, llevándolo en procesión al otro extremo del pueblo.[43] La barca quedó hecha un pontón,[44] tan pelada como usted la ve.

»Y, mientras tanto, los calafates, brocha en mano, pinta que pinta. El *Socarrao* se desfiguraba como un burro de gitano.[45] Con cuatro brochazos fue borrado el nombre de popa, y de los folios de los costados, de esos malditos letreros que son la cédula de toda embarcación, no quedó ni rastro.

»El cañonero echó anclas al mismo tiempo que desaparecían en la entrada del pueblo los últimos despojos de la barca. Yo me quedé en este sitio, queriendo verlo todo, y para mayor disimulo ayudaba a unos amigos que echaban al mar una lancha de pesca.

---

43 El saqueo (**rapiña**) de la barca tiene como fin hacerla irreconocible ante las autoridades y aprovechar todas sus partes útiles. No obstante, las imágenes de la gente apoderándose de sus piezas como si fueran reliquias y de la muchedumbre (**turba**) de muchachos llevando **en procesión** el mástil le confieren a *Socarrao* una dimensión casi sagrada.

44 **pontón**: pequeño barco viejo y desarbolado.

45 La comparación que emplea Blasco Ibáñez es proverbial: desde antiguo, se atribuye a los gitanos la costumbre de **desfigurar** a las caballerías para disfrazar sus taras, embellecerlas y venderlas con la mayor ganancia posible. Estas malas artes las describió magistralmente Cervantes en *La ilustre fregona*.

»El cañonero envió un bote armado, y saltaron a tierra no sé cuantos hombres con fusil y bayoneta. El contramaestre,[46] que iba al frente, juraba furioso mirando el *Socarrao* y a los carabineros que se habían apoderado de él.

»Todo el vecindario de Torresalinas se reía a aquellas horas celebrando el chasco, y aún hubiera reído más viendo, como yo, la cara que ponía aquella gente al encontrar por todo cargamento unos cuantos bultos de tabaco malo.

—¿Y qué pasó después? —pregunté al viejo—. ¿No castigaron a nadie?

—¿A quién? Únicamente podían castigar al pobre *Socarrao*, que quedó prisionero. Se ensució mucho papel[47] y medio pueblo fue a declarar; pero nadie sabía nada. ¿De qué matrícula era el barco? Silencio; nadie le había visto los folios. ¿Quiénes lo tripulaban? Unos hombres que al varar[48] habían echado a correr tierra adentro. Y nadie sabía más.

—¿Y el cargamento? —dije yo.

—Lo vendimos completo. Usted no sabe lo que es la pobreza. Cuando embarrancamos, cada uno agarró el fardo que tenía más a mano y echó a correr para esconderlo en su casa. Pero al día siguiente estaban todos a disposición del patrón: no se perdió ni una libra[49] de tabaco. Los que exponen la vida por el pan y todos los días le ven la cara a la muerte están más libres de tentaciones que los otros.

---

46 **bayoneta**: especie de cuchillo que se encaja en el cañón del fusil; **contramaestre**: oficial que da órdenes a los marineros.

47 Es decir, 'se hicieron muchos informes'.

48 **varar**: dejar la barca en la playa.

49 **libra**: medida antigua equivalente a medio kilo.

»Desde entonces —continuó el viejo— está ahí preso el pobre *Socarrao*. Pero no tardará en hacerse a la mar con su antiguo amo. Parece que ha terminado el papeleo; lo sacarán a subasta, y se lo quedará el patrón por lo que quiera dar.

—¿Y si otro da más?

—¿Y quién ha de ser ese? ¿Somos acaso bandidos? Todo el pueblo sabe quién es el verdadero amo de la barca abandonada, y nadie tiene tan mal corazón que intente perjudicarle. Aquí hay mucha honradez. A cada uno lo que sea suyo, y el mar, que es de Dios, para nosotros los pobres, que hemos de sacar el pan de él, aunque no quiera el Gobierno.

Dimoni

I

Desde Cullera a Sagunto, en toda la valenciana vega[1] no había pueblo ni poblado donde no fuese conocido.

Apenas su dulzaina[2] sonaba en la plaza, los muchachos corrían desalados, las comadres[3] llamábanse unas a otras con ademán gozoso y los hombres abandonaban la taberna.

—*Dimoni!... Ja està ahí Dimoni!*[4]

Y él, con los carrillos hinchados, la mirada vaga perdida en lo alto y soplando sin cesar en la picuda dulzaina, acogía la rústica ovación con la indiferencia de un ídolo.[5]

Era popular y compartía la general admiración con aquella dulzaina vieja, resquebrajada, la eterna compañera de sus correrías, la que, cuando no rodaba en los pajares o bajo las mesas de las tabernas, aparecía siempre cruzada bajo el sobaco, como si fuera un nuevo miembro creado por la Naturaleza en un acceso de filarmonía.[6]

---

1 **vega**: huerta.

2 La **dulzaina**, muy usada en la música popular, es un instrumento de viento que emite un sonido agudo e intenso.

3 **desalados**: ansiosos, con prisa; **comadres**: vecinas que tienen confianza entre sí.

4 En valenciano, '¡ya está ahí Dimoni!'.

5 **rústica**: propia del campo; **ídolo**: imagen de una deidad a la que se rinde culto.

6 Esto es, 'en un arrebato (**acceso**) de pasión por la música (**filarmonía**)'.

Las mujeres, que se burlaban de aquel insigne perdido,[7] habían hecho un descubrimiento: Dimoni era guapo. Alto, fornido, con la cabeza esférica, la frente elevada, el cabello al rape y la nariz de curva audaz, tenía en su aspecto reposado y majestuoso algo que recordaba al patricio romano,[8] pero no de aquellos que en el período de austeridad vivían a la espartana y se robustecían en el Campo de Marte,[9] sino de los otros, de aquellos de la decadencia, que en las orgías imperiales[10] afeaban la hermosura de raza coloreando su nariz con el bermellón del vino y deformando su perfil con la colgante sotabarba[11] de la glotonería.

Dimoni era un borracho. Los prodigios de su dulzaina, que por lo maravillosos le habían valido el apodo, no llamaban tanto la atención como las asombrosas borracheras que pillaba en las grandes fiestas.

Su fama de músico le hacía ser llamado por los clavarios[12] de todos los pueblos, y veíasele llegar carretera abajo, siempre erguido y silencioso, con la dulzaina en el sobaco, llevando al lado, como gozquecillo[13] obediente, al tamborilero, algún pillete recogido en los caminos, con el cogote pelado por los tremendos pe-

7 **insigne**: célebre; **perdido:** vicioso, corrompido.

8 **patricio**: noble de la Antigua Roma.

9 La vida **espartana,** en alusión a la Esparta griega, se caracterizaba por su militarización, rigidez y disciplina extremas. El **Campo de Marte** era el terreno que, en la Antigua Roma, se destinaba a los entrenamientos de los soldados.

10 La **decadencia** del Imperio Romano se asocia, entre otras causas, a la relajación de la moral, reflejada en **orgías** donde los poderosos se entregaban a los excesos de la comida, el alcohol y el sexo.

11 **bermellón**: rojo vivo; **sotabarba**: papada.

12 **clavarios**: del valenciano *clavaris*, 'encargados de organizar los festejos en honor de un santo'.

13 **gozquecillo**: perro pequeño y ladrador.

llizcos que al descuido le largaba el maestro cuando no redoblaba sobre el parche con brío,[14] y que si, cansado de aquella vida nómada, abandonaba al amo, era después de haberse hecho tan borracho como él.

No había en toda la provincia dulzainero como Dimoni; pero buenas angustias les costaba a los clavarios el gusto de que tocase en sus fiestas. Tenían que vigilarle desde que entraba en el pueblo, amenazarle con un garrote para que no entrase en la taberna hasta terminada la procesión, o muchas veces, por un exceso de condescendencia, acompañarle dentro de aquella para detener su brazo cada vez que lo tendía hacia el porrón. Aun así, resultaban inútiles tantas precauciones, pues más de una vez, marchando grave y erguido, aunque con paso tardo, ante el estandarte[15] de la cofradía, escandalizaba a los fieles rompiendo a tocar la Marcha Real frente al ramo de olivo de la taberna,[16] y entonando después el melancólico *De profundis* cuando la peana[17] del santo patrono volvía a entrar en la iglesia.

Y estas distracciones de bohemio[18] incorregible, estas impiedades de borracho, alegraban a la gente. La chiquillería pululaba en torno de él, dando cabriolas al compás de la dulzaina y acla-

---

14 **parche**: piel que recubre la superficie del tambor; **con brío**: con fuerza.

15 **estandarte:** bandera que lleva bordado un escudo.

16 Desde antiguo, las prostitutas ponían un **ramo de olivo** en la puerta de las casas donde ofrecían sus servicios, de ahí que los fieles se escandalicen al ver a Dimoni tocando el himno nacional de España (**Marcha Real**) frente al ramo.

17 **peana:** 'base que sostiene la imagen de un santo'. ***De profundis*** es una composición de origen bíblico (Libro de los Salmos, 130) que se canta en las ceremonias religiosas de difuntos.

18 **bohemio:** hombre con inclinaciones artísticas que suele vivir en la pobreza, ajeno a las convenciones sociales.

mando a Dimoni, y los solteros del pueblo se reían de la gravedad con que marchaba delante de la cruz parroquial, y le enseñaban de lejos un vaso de vino, invitación a la que contestaba con un guiño malicioso, como si dijera: «Guardadlo para después».

Ese después era la felicidad de Dimoni, pues representaba el momento en que, terminada la fiesta y libre de la vigilancia de los clavarios, entraba en posesión de su libertad en plena taberna.

Allí estaba en su centro,[19] junto a los toneles pintados de rojo oscuro, entre las mesillas de cinc jaspeadas[20] por las huellas redondas de los vasos, aspirando el tufillo del ajoaceite, del bacalao y las sardinas fritas que se exhibían en el mostrador tras mugriento alambrado,[21] y bajo los suculentos pabellones[22] que formaban, colgando de las viguetas, las ristras de morcillas rezumando aceite, los manojos de chorizos moteados[23] por las moscas, las oscuras longanizas y los ventrudos[24] jamones espolvoreados con rojo pimentón.

La tabernera sentíase halagada por la presencia de un huésped que llevaba tras sí la concurrencia,[25] e iban entrando los admiradores a bandadas; no había bastantes manos para llenar

---

19 O sea, 'muy a gusto, en su ambiente'.

20 **jaspeadas**: 'salpicadas', figuradamente.

21 **mugriento**: grasiento; **alambrado**: o *alambrera*, 'pieza circular de alambre con la que se cubrían y preservaban los alimentos'.

22 **pabellones**: 'colgaduras, cortinas', aquí en sentido figurado.

23 **moteados**: manchados.

24 **ventrudos**: 'que tienen el vientre abultado', aquí figuradamente.

25 Esto es, 'un cliente (**huésped**) que le llevaba gente (**concurrencia**) a la taberna'.

porrones, esparcíase por el ambiente un denso olor de lana burda y sudor de pies, y a la luz del humoso quinqué[26] veíase a la respetable asamblea, sentados unos en los cuadrados taburetes de algarrobo con asiento de esparto y otros en cuclillas en el suelo, sosteniéndose con fuertes manos las abultadas mandíbulas, como si estas fueran a desprenderse de tanto reír.

Todas las miradas estaban fijas en Dimoni y su dulzaina.

—*L'agüela! Fes l'agüela!*[27]

Y Dimoni, sin pestañear, como si no hubiera oído la petición general, comenzaba a imitar con su dulzaina el gangoso[28] diálogo de dos viejas, con tan grotescas inflexiones, con pausas tan oportunas, con escapes de voz tan chillones, que una carcajada brutal e interminable conmovía la taberna, despertando a las caballerías del inmediato corral, que unían a la barahúnda[29] sus agudos relinchos.

Después le pedían que imitase a la Borracha, una mala piel que iba de pueblo en pueblo vendiendo pañuelos y gastándose las ganancias en aguardiente. Y lo mejor del caso es que casi siempre estaba presente la aludida, y era la primera en reírse de la gracia con que el dulzainero imitaba sus chillidos al pregonar la venta y las riñas con las compradoras.

Pero cuando se agotaba el repertorio burlesco, Dimoni, soñoliento por la digestión de alcohol, lanzábase en su mundo imaginario, y ante un público silencioso y embobado imitaba la

---

26 **quinqué:** lámpara portátil que funcionaba con aceite.
27 Es decir, '¡La abuela! ¡Haz la abuela!'.
28 **gangoso**: pronunciado con voz nasal.
29 **barahúnda**: confusión, alboroto.

charla de los gorriones, el murmullo de los campos de trigo en los días de viento, el lejano sonar de las campanas, todo lo que le sorprendía cuando, por las tardes, despertaba en medio del campo, sin comprender cómo le había llevado allí la borrachera pillada la noche anterior.

Aquellas gentes rudas no se sentían ya capaces de burlarse de Dimoni, de sus soberbias chispas ni de los repelones[30] que hacía sufrir al tamborilero. El arte algo grosero pero ingenuo y genial de aquel bohemio rústico causaba honda huella en sus almas vírgenes, y miraban con asombro al borracho, que, al compás de los arabescos[31] impalpables que trazaba con su dulzaina, parecía crecerse, siempre con la mirada abstraída, grave, sin abandonar su instrumento más que para coger el porrón y acariciar su seca lengua con el gluglú del hilillo del vino.

Y así estaba siempre. Costaba gran trabajo sacarle una palabra del cuerpo. De él sabíase únicamente, por el rumor de su popularidad, que era de Benicófar,[32] que allá vivía, en una casa vieja que conservaba aún porque nadie le daba dos cuartos por ella, y que se había bebido en unos cuantos años dos machos,[33] un carro y media docena de campos que heredó de su madre.

¿Trabajar? No, y mil veces no. Él había nacido para borracho. Mientras tuviese la dulzaina en las manos no le faltaría pan; y dormía como un príncipe cuando, terminada una fiesta y después de soplar y beber toda la noche, caía como un fardo en un

30 **chispas**: 'borracheras', coloquialmente; **repelones:** tirones de pelo.
31 **arabescos**: líneas entrelazadas que forman dibujos geométricos y florales.
32 La localidad de **Benicófar** (hoy **Benijófar**) está situada al sur de Alicante.
33 **se había bebido**: se había gastado en bebida; **machos**: mulos.

rincón de la taberna o en un pajar del campo, y el pillete tamborilero, tan ebrio como él, se acostaba a sus pies cual un perrillo obediente.

II

Nadie supo cómo fue el encuentro; pero era forzoso que ocurriera, y ocurrió. Dimoni y la Borracha se juntaron y se confundieron.[34]

Siguiendo su curso por el cielo de la borrachera, rozáronse, para marchar siempre unidos, el astro rojizo de color de vino y aquella estrella errante, lívida[35] como la luz del alcohol.

La fraternidad de borrachos acabó en amor, y fuéronse a sus dominios de Benicófar a ocultar su felicidad en aquella casucha vieja, donde por las noches, tendidos en el suelo del mismo cuarto donde había nacido Dimoni, veían las estrellas que parpadeaban maliciosamente a través de los grandes boquetes del tejado, adornados con largas cabelleras de inquietas plantas. Aquella casa era una muela vieja y cariada que se caía en pedazos. Las noches de tempestad tenían que huir, como si estuvieran a campo raso, perseguidos por la lluvia, de habitación en habitación, hasta que por fin encontraban en el abandonado establo un rinconcito, donde entre polvo y telarañas florecía su extravagante primavera de amor.

¡Casarse!… ¿Para qué? ¡Valiente cosa les importaba lo que dijera la gente! Para ellos no se habían fabricado las leyes ni los

34 **se confundieron**: se hicieron inseparables.

35 **lívida**: amoratada.

convencionalismos sociales. Les bastaba el amarse mucho, tener un mendrugo de pan a mediodía y sobre todo algún crédito en la taberna.

Dimoni mostrábase absorto, como si ante su vista se hubiese abierto ignorada puerta, mostrándole una felicidad tan inmensa como desconocida. Desde la niñez, el vino y la dulzaina habían absorbido todas sus pasiones; y ahora, a los veintiocho años, perdía su pudor[36] de borracho insensible y, como uno de aquellos cirios de fina cera que llameaban en las procesiones, derretíase en brazos de la Borracha, sabandija escuálida, fea, miserable, ennegrecida por el fuego alcohólico que ardía en su interior, apasionada hasta vibrar como una cuerda tirante, y que a él le parecía el prototipo de la belleza.

Su felicidad era tan grande, que se desbordaba fuera de la casucha. Acariciábanse en medio de las calles con el impudor inocente de una pareja canina, y muchas veces, camino de los pueblos donde se celebraba fiesta, huían a campo traviesa, sorprendidos en lo mejor de su pasión por los gritos de los carreteros, que celebraban con risotadas el descubrimiento. El vino y el amor engordaban a Dimoni; echaba panza, iba de ropa más bien cuidado que nunca, y sentíase tranquilo y satisfecho al lado de la Borracha, aquella mujer cada vez más seca y negruzca que, pensando únicamente en cuidarle, no se ocupaba en remendar las sucias faldillas que se escurrían de sus hundidas caderas.

No lo abandonaba. Un buen mozo como él estaba expuesto a peligros; y no satisfecha con acompañarle en sus viajes de artis-

36 **pudor**: vergüenza, recato.

ta, marchaba a su lado al frente de la procesión, sin miedo a los cohetes y mirando con cierta hostilidad a todas las mujeres.

Cuando la Borracha quedó embarazada, la gente se moría de risa, comprometiéndose[37] con ella la solemnidad de las procesiones.

En medio, él, erguido, con expresión triunfante, con la dulzaina hacia arriba, como si fuese una descomunal nariz que olía al cielo; a un lado el pillete, haciendo sonar el tamboril, y al opuesto la Borracha, exhibiendo con satisfacción, como un segundo tambor, aquel vientre que se hinchaba cual globo próximo a estallar, que la hacía ir con paso tardo y vacilante, y que, en su insolente redondez, subía escandalosamente el delantero de la falda, dejando al descubierto los hinchados pies bailoteando en viejos zapatos y aquellas piernas negras, secas y sucias como los palillos que movía el tamborilero.

Aquello era un escándalo, una profanación, y los curas de los pueblos sermoneaban al dulzainero:

— Pero, ¡gran demonio!, cásate al menos, ya que esa perdida se empeña en no dejarte ni aun en la procesión. Yo me encargaré de arreglaros los papeles.

Pero aunque él decía a todo que sí, maldito lo que le seducía la proposición. ¡Casarse ellos! ¡Bueno va!... ¡Cómo se burlaría la gente! Mejor estaban así las cosas.

Y en vista de su tozuda resistencia, si no le quitaron las fiestas, por ser el más barato y mejor de los dulzaineros, despojáronle de todos los honores anexos a su cargo, y ya no comió

37 **comprometiéndose**: poniéndose en peligro.

más en la mesa de los clavarios, ni se le dio el pan bendito, ni se permitió que entrasen en la iglesia el día de la fiesta semejante par de herejotes.[38]

III

Ella no fue madre. Cuando llegó el momento, arrancaron en pedazos, de sus entrañas ardientes, aquel infeliz engendro[39] de la embriaguez.

Y tras el feto monstruoso y sin vida, murió la madre, ante la mirada asombrada de Dimoni, que, al ver extinguirse aquella vida sin agonía ni convulsiones, no sabía si su compañera se había ido para siempre o si acababa de dormirse, como cuando rodaba a sus pies la botella vacía.

El suceso tuvo resonancia, y las comadres de Benicófar se agrupaban a la puerta de la casucha para ver de lejos a la Borracha tendida en el ataúd de los pobres y a Dimoni en cuclillas junto a la muerta, voluminoso, lloriqueando y con la cerviz[40] inclinada como un buey melancólico.

Nadie del pueblo se dignó entrar en la casa. El duelo se componía de media docena de amigos de Dimoni, haraposos y tan borrachos como este, que pordioseaban por los caminos, y el sepulturero de Benicófar.

Pasaron la noche velando a la difunta, yendo por turno cada dos horas a aporrear la puerta de la taberna pidiendo que les

---

38 **herejotes:** aumentativo despectivo de *herejes*, 'personas irrespetuosas con los principios y convenciones de una religión'.

39 **engendro:** hijo monstruoso, deforme.

40 **cerviz:** 'nuca', especialmente la de los mamíferos.

llenasen una enorme bota; y cuando el sol entró por las brechas del tejado, despertaron todos tendidos en torno de la difunta, ni más ni menos que los domingos por la noche, cuando en fraternal confianza caían en algún pajar a la salida de la taberna.

¡Cómo lloraban todos!... Y ahora la pobrecita estaba allí, en el cajón de los pobres, tranquila como si durmiera, y sin poder levantarse a pedir su parte. ¡Oh, lo que es la vida!... ¡Y en esto hemos de parar todos!

Y los borrachos lloraron tanto, que al conducir el cadáver al cementerio todavía les duraba la emoción y la embriaguez.

Todo el vecindario presenció de lejos el entierro. Las buenas almas reían como locas ante espectáculo tan grotesco.

Los amigotes de Dimoni marchaban con el ataúd al hombro, dando traspiés que hacían mecerse rudamente la fúnebre caja como un buque viejo y desarbolado.[41] Y detrás de aquellos mendigos iba Dimoni con su inseparable instrumento bajo el sobaco, siempre con aquel aspecto de buey moribundo que acababa de recibir un tremendo golpe en la cerviz.

Los chiquillos gritaban y daban cabriolas ante el ataúd, como si aquello fuese una fiesta, y la gente reía, asegurando que lo del parto era una farsa y que la Borracha había muerto de un hartazgo de aguardiente.

Los lagrimones de Dimoni también hacían reír. ¡Valiente pillo! Aún le duraba el «cañamón»[42] de la noche anterior, y lloraba lágrimas de vino al pensar que ya no tendría una compañera en sus borracheras nocturnas.

---

41 **desarbolado:** roto, destartalado, sin palos ni velas.
42 **cañamón**: 'borrachera', del valenciano coloquial *canyamó*.

Todos le vieron volver del cementerio, donde por compasión habían permitido el entierro de aquella gran perdida, y le vieron también cómo con sus amigotes, incluso el enterrador, se metía en la taberna para agarrar el porrón con las manos sucias de la tierra de las tumbas.

Desde aquel día, el cambio fue radical. ¡Adiós, excursiones gloriosas, triunfos alcanzados en las tabernas, serenatas en las plazas y toques estruendosos en las procesiones! Dimoni no quería salir de Benicófar ni tocar en las fiestas. ¿Trabajar?... Eso para los imbéciles. Que no contasen con él los clavarios; y para afirmarse más en esta resolución, despidió al último tamborilero, cuya presencia le irritaba.

Tal vez en sus ensueños de borracho melancólico había pensado, mirando el hinchado vientre de la Borracha, en la posibilidad de que con el tiempo un muchacho panzudo, con cara de pillo, un Dimoniet, acompañase golpeando el parche las escalas vibrantes de su dulzaina. Ahora sí que estaba solo. Había conocido la dicha para que después su situación fuese más triste. Había sabido lo que era amor para conocer el desconsuelo: dos cosas cuya existencia ignoraba antes de tropezar con la Borracha.

Entregose al aguardiente con el mismo fervor que si rindiera un tributo fúnebre a la muerta; iba roto, mugriento, y no podía revolverse en su casucha sin notar la falta de aquellas manos de bruja, secas y afiladas como garras, que tenían para él cuidados maternales.

Como un búho, permanecía en el fondo de su guarida mientras brillaba el sol, y a la caída de la tarde salía del pueblo cautelosamente, como ladrón que va al acecho, y por una brecha del muro se colaba en el cementerio, un corral de suelo ondulado que la Naturaleza igualaba con matorrales en los que pululaban las mariposas.

Y por la noche, cuando los jornaleros retrasados volvían al pueblo con la azada al hombro, oían una musiquilla dulce e interminable que parecía salir de las tumbas.

—¡Dimoni! ¿Eres tú?...

La musiquilla callaba ante los gritos de aquella gente supersticiosa que preguntaba por ahuyentar su miedo.

Y luego, cuando los pasos se alejaban, cuando se restablecía en la inmensa vega el susurrante silencio de la noche, volvía a sonar la musiquilla, triste como un lamento, como el lloriqueo lejano de una criatura llamando a la madre que jamás había de volver.

Golpe doble

Al abrir la puerta de su barraca encontró Sento[1] un papel en el ojo de la cerradura.

Era un anónimo destilando[2] amenazas. Le pedían cuarenta duros[3] y debía dejarlos aquella noche en el horno que tenía frente a su barraca.

Toda la huerta estaba aterrada por aquellos bandidos. Si alguien se negaba a obedecer tales demandas, sus campos aparecían talados, las cosechas perdidas, y hasta podía despertar a medianoche sin tiempo apenas para huir de la techumbre de paja que se venía abajo entre llamas y asfixiando con su humo nauseabundo.

Gafarró,[4] que era el mozo mejor plantado de la huerta de Ruzafa,[5] juró descubrirles, y se pasaba las noches emboscado en los cañares, rondando por las sendas, con la escopeta al brazo; pero

1 **Sento:** en valenciano, forma familiar de 'Vicente'. La acción del cuento transcurre junto a una **barraca** ('vivienda de la huerta valenciana con paredes de adobe y con techumbre de cañas a dos vertientes muy inclinadas').

2 **destilando:** 'rezumando, vertiendo', figuradamente.

3 En aquella época, **cuarenta duros** era una suma considerable. Con ellos, por ejemplo, se podía comprar un mulo.

4 El ***gafarró*** es, en valenciano, un pajarillo parecido al jilguero.

5 El pueblo de **Ruzafa** pasó a formar parte de Valencia en 1877.

una mañana lo encontraron en una acequia con el vientre acribillado y la cabeza deshecha..., y adivina quién te dio.[6]

Hasta los papeles[7] de Valencia hablaban de lo que sucedía en la huerta, donde al anochecer se cerraban las barracas y reinaba un pánico egoísta, buscando cada cual su salvación, olvidando al vecino. Y a todo esto, el tío Batiste, alcalde de aquel distrito de la huerta, echando rayos por la boca cada vez que las autoridades, que le respetaban como potencia electoral,[8] hablábanle del asunto, y asegurando que él y su fiel alguacil, el Cigró,[9] se bastaban para acabar con aquella calamidad.

A pesar de esto, Sento no pensaba acudir al alcalde. ¿Para qué? No quería oír en balde baladronadas[10] y mentiras.

Lo cierto era que le pedían cuarenta duros, y si no los dejaba en el horno le quemarían su barraca, aquella barraca que miraba ya como un hijo próximo a perderse, con sus paredes de deslumbrante blancura, la montera[11] de negra paja con crucecitas en los extremos, las ventanas azules, la parra sobre la puerta como verde celosía,[12] por la que se filtraba el sol con palpitaciones de oro vivo; los macizos de geranios y dompedros orlando[13]

6 Con la expresión **adivina quién te dio**, que procede de un juego infantil, se subraya la dificultad de averiguar quién es el asesino de Gafarró.

7 **papeles**: 'periódicos', coloquialmente.

8 **potencia**: 'persona con poder e influencia', en este caso porque obtiene muchos votos (**electoral**).

9 **alguacil**: funcionario del ayuntamiento; ***cigró***: en valenciano, 'garbanzo'.

10 **en balde**: inútilmente; **baladronadas**: chulerías, fanfarronadas.

11 **montera:** 'gorro de paño' y aquí, figuradamente, 'tejado de la barraca'.

12 Las hojas y los racimos de uvas derramados sobre la puerta provocan el mismo efecto que una **celosía** ('enrejado hecho con listones de madera o piedra').

13 **macizos:** arbustos florales de función ornamental; **orlando:** adornando.

la vivienda, contenidos por una cerca de cañas; y más allá de la vieja higuera el horno, de barro y ladrillos, redondo y achatado como un hormiguero de África. Aquello era toda su fortuna, el nido que cobijaba a lo más amado: su mujer, los tres chiquillos, el par de viejos rocines,[14] fieles compañeros en la diaria batalla por el pan, y la vaca blanca y sonrosada, que iba todas las mañanas por las calles de la ciudad despertando a la gente con su triste cencerreo y dejándose sacar unos seis reales de sus ubres, siempre hinchadas.[15]

¡Cuánto había tenido que arañar los cuatro terrones que desde su bisabuelo venía regando toda la familia con sudor y sangre, para juntar el puñado de duros que en un puchero[16] guardaba enterrados bajo la cama! ¡En seguida se dejaba arrancar cuarenta duros!... Él era un hombre pacífico; toda la huerta podía responder por él. Ni riñas por el riego,[17] ni visitas a la taberna, ni escopeta para echarla de majo.[18] Trabajar mucho para su Pepeta y los tres mocosos era su única afición; pero ya que querían robarle, sabría defenderse. ¡Cristo! En su calma de hombre bonachón despertaba la furia de los mercaderes árabes, que se dejan apalear por el beduino, pero se tornan leones cuando les tocan su hacienda.[19]

---

14 **rocines:** aquí, 'caballos destinados a trabajar en el campo'.

15 Era costumbre que los labradores fueran a la ciudad para vender leche fresca, que ordeñaban en la puerta misma de los clientes.

16 **puchero**: olla de barro.

17 El narrador se refiere a las riñas de los labradores para repartirse el agua de regadío. Desde antiguo, mediaba en estos conflictos el Tribunal de las Aguas.

18 **echarla de majo**: presumir de chulo y de valiente.

19 **beduino**: 'árabe nómada'. Con esta alusión, Blasco Ibáñez pretendía subrayar el primitivismo y la herencia árabe de los labradores de la huerta valenciana.

Como se aproximaba la noche y nada tenía resuelto, fue a pedir consejo al viejo de la barraca inmediata, un carcamal que solo servía para segar brozas[20] en las sendas, pero de quien se decía que en la juventud había puesto más de dos a pudrir tierra.[21]

Le escuchó el viejo con los ojos fijos en el grueso cigarro que liaban sus manos temblorosas cubiertas de caspa. Hacía bien en no querer soltar el dinero. Que robasen en la carretera como los hombres, cara a cara, exponiendo la piel. Setenta años tenía, pero podían irle con tales cartitas. Vamos a ver: ¿tenía agallas para defender lo suyo?

La firme tranquilidad del viejo contagiaba a Sento, que se sentía capaz de todo para defender el pan de sus hijos.

El viejo, con tanta solemnidad como si fuese una reliquia, sacó de detrás de la puerta la joya de la casa: una escopeta de pistón que parecía un trabuco,[22] y cuya culata apolillada acarició devotamente.

La cargaría él, que entendía mejor a aquel «amigo». Las temblorosas manos se rejuvenecían. ¡Allá va pólvora! Todo un puñado. De una cuerda de esparto sacaba los tacos. Ahora una ración de postas,[23] cinco o seis; a granel los perdigones zorreros,[24] metralla fina, y al final un taco bien golpeado. Si la escopeta no reventaba con aquella indigestión de muerte, sería misericordia de Dios.

---

20 **carcamal:** persona vieja y estropeada; **brozas:** residuos que dejan las plantas.

21 Esto es, 'había matado a varias personas, las había mandado a la tumba'.

22 La **escopeta de pistón** es la que lleva la pólvora encerrada en una cápsula. El **trabuco** es un arma similar a la escopeta, pero más corta y de cañón ancho.

23 **tacos:** cilindros que separan el proyectil de la pólvora para que el tiro tenga más fuerza; **postas:** pequeñas balas de plomo.

24 **a granel:** en abundancia; **perdigones zorreros:** balines gruesos.

Aquella noche dijo Sento a su mujer que esperaba turno para regar,[25] y toda la familia lo creyó, acostándose temprano.

Cuando salió, dejando bien cerrada la barraca, vio a la luz de las estrellas, bajo la higuera, al fuerte vejete ocupado en ponerle el pistón al «amigo».

Le daría a Sento la última lección, para que no errase el golpe. Apuntar bien a la boca del horno y tener calma. Cuando se inclinasen buscando el gato[26] en el interior..., ¡fuego! Era tan sencillo, que podía hacerlo un chico.

Sento, por consejo del maestro, se tendió entre dos macizos de geranios a la sombra de la barraca. La pesada escopeta descansaba en la cerca de cañas apuntando fijamente a la boca del horno. No podía perderse el tiro. Serenidad y darle al gatillo a tiempo. ¡Adiós, muchacho! A él le gustaban mucho aquellas cosas; pero tenía nietos, y además estos asuntos los arregla mejor uno solo.

Se alejó el viejo cautelosamente, como hombre acostumbrado a rondar la huerta, esperando un enemigo en cada senda.

Sento creyó que quedaba solo en el mundo, que en toda la inmensa vega, estremecida por la brisa, no había más seres vivientes que él y «aquellos» que iban a llegar. ¡Ojalá no viniesen! Sonaba el cañón de la escopeta al temblar sobre la horquilla[27] de cañas. No era frío, era miedo. ¿Qué diría el viejo si estuviera allí? Sus pies tocaban la barraca, y al pensar que tras aquella pared de barro dormían Pepeta y los chiquitines, sin otra defensa que

25 La comunidad de regantes reparte el agua estableciendo el turno en que, durante las veinticuatro horas del día, cada agricultor puede regar su parcela.

26 **gato**: bolsa para guardar el dinero.

27 **horquilla**: pie en el que se apoyan las armas de fuego.

sus brazos, y en los que querían robar, el pobre hombre se sintió otra vez fiera.

Vibró el espacio, como si lejos, muy lejos, hablase desde lo alto la voz de un chantre.[28] Era la campana del Miguelete.[29] Las nueve. Oíase el chirrido de un carro rodando por un camino lejano. Ladraban los perros, transmitiendo su fiebre de aullidos de corral en corral, y el rac-rac de las ranas en la vecina acequia interrumpíase con los chapuzones de los sapos y las ratas que saltaban de las orillas por entre las cañas.

Sento contaba las horas que iban sonando en el Miguelete. Era lo único que le hacía salir de la somnolencia y el entorpecimiento en que le sumía la inmovilidad de la espera. ¡Las once! ¿No vendrían ya? ¿Les habría tocado Dios en el corazón?[30]

Las ranas callaron repentinamente. Por la senda avanzaban dos cosas oscuras que a Sento le parecieron dos perros enormes. Se irguieron: eran hombres que avanzaban encorvados, casi de rodillas.

—Ya están ahí —murmuró, y sus mandíbulas temblaron.

Los dos hombres volvíanse a todos lados, como temiendo una sorpresa. Fueron al cañar, registrándolo; acercáronse después a la puerta de la barraca, pegando el oído a la cerradura, y en estas maniobras pasaron dos veces por cerca de Sento, sin que este pudiera conocerlos. Iban embozados en mantas, por bajo de las cuales asomaban las escopetas.

---

28 **chantre**: religioso que dirigía el canto en el coro de las catedrales.

29 El **Miguelete** es el célebre campanario octogonal de la catedral de Valencia. De estilo gótico, tomó su nombre de la campana destinada a tocar las horas.

30 Esto es, '¿habrían cambiado de opinión para bien?'.

Esto aumentó el valor de Sento. Serían los mismos que asesinaron a Gafarró. Había que matar para salvar la vida.

Ya iban hacia el horno. Uno de ellos se inclinó, metiendo las manos en la boca y colocándose ante la apuntada escopeta. Magnífico tiro. Pero ¿y el otro que quedaba libre?

El pobre Sento comenzó a sentir las angustias del miedo, a sentir en la frente un sudor frío. Matando a uno, quedaba desarmado ante el otro. Si los dejaba ir sin encontrar nada, se vengarían quemándole la barraca.

Pero el que estaba al acecho se cansó de la torpeza de su compañero y fue a ayudarlo en la busca. Los dos formaban una oscura masa obstruyendo la boca del horno. Aquella era la ocasión. ¡Alma, Sento![31] ¡Aprieta el gatillo!

El trueno conmovió toda la huerta, despertando una tempestad de gritos y ladridos. Sento vio un abanico de chispas, sintió quemaduras en la cara; la escopeta se le fue y agitó las manos para convencerse de que estaban enteras. De seguro que el «amigo» había reventado.

No vio nada en el horno: habrían huido y, cuando él iba a escapar también, se abrió la puerta de la barraca y salió Pepeta en enaguas, con un candil.[32] La había despertado el trabucazo y salía impulsada por el miedo, temiendo por su marido que estaba fuera de casa.

La roja luz del candil, con sus azorados[33] movimientos, llegó hasta la boca del horno.

---

31 O sea, '¡Ánimo, Sento!'.

32 **enaguas:** prenda interior que se lleva bajo la falda; **candil:** lamparilla de aceite.

33 **azorados:** figuradamente, 'agitados, sobresaltados'.

Allí estaban dos hombres en el suelo, uno sobre otro, cruzados, confundidos, formando un solo cuerpo, como si un clavo invisible los uniese por la cintura soldándolos con sangre.

No había errado el tiro. El golpe de la vieja escopeta había sido doble.

Y cuando Sento y Pepeta, con aterrada curiosidad, alumbraron los cadáveres para verles las caras, retrocedieron con exclamaciones de asombro.

Eran el tío Batiste, el alcalde, y su alguacil, el Cigró.

La huerta quedaba sin autoridad, pero tranquila.

Un hallazgo

—Yo, señor —dijo *Magdalena*, el trompeta de la cárcel—, no soy ningún santo; me han condenado muchas veces por robos; unos verdad, otros acumulados.[1] Al lado de usted, que es un caballero y está preso por escribir cosas en los papeles,[2] soy un miserable... Pero crea que esta vez me veo aquí por bueno.

Y llevándose una mano al pecho e irguiendo la cabeza con cierto orgullo, añadió:

—Robitos nada más... Yo no soy valiente; y no he derramado una gota de sangre.

Así que apuntaba el amanecer, la trompeta de *Magdalena* sonaba en el gran patio, adornando su toque de diana con regocijadas escalas y trinos. Durante el día, con el bélico instrumento colgando de su cuello o acariciándolo con una punta de la blusa para que perdiese el vaho con que lo empañaba la humedad de la cárcel, iba por todo el edificio, antiguo convento en cuyos refectorios,[3] graneros y desvanes amontonábase con sudorosa confusión cerca de un millar de hombres.

---

1 **acumulados**: 'imputados o atribuidos', según el personaje, falsamente.

2 Tras publicar artículos y manifiestos políticos, Blasco Ibáñez, a quien *Magdalena* cuenta su historia, fue encarcelado en cinco ocasiones en el convento valenciano de San Gregorio, que en el siglo XIX había sido convertido en un penal.

3 **refectorio**: comedor de un convento.

Era el reloj que marcaba la vida y el movimiento a esta masa de carne varonil en perpetua ebullición de odios. Rondaba cerca de los rastrillos[4] para anunciar con sonoros trompetazos la entrada del «señor director» o la visita de las autoridades; adivinaba en el avance de las manchas de sol por las blancas paredes del patio la proximidad de las horas de comunicación, las mejores del día, y paseándose la lengua por los labios, aguardaba impaciente la orden para prorrumpir en alegre toque, que hacía rodar por las escaleras el rebaño prisionero corriendo ansioso a los locutorios, donde zumbaba una turba[5] mísera de mujeres y niños; su hambre insaciable le hacía ir y venir por las inmediaciones de la antigua cocina, en la que humeaban las ollas enormes con nauseabundo hervor, doliéndose de la indiferencia del jefe, siempre tardo en ordenar la llamada del rancho.

Los presos «de sangre», héroes del puñal, que habían matado por competencias de bravura o celos amorosos y formaban una aristocracia desdeñosa de los simples ladrones, tomaban al trompeta como paciente juguete en sus ratos de tedio.

—¡Hincha! —le ordenaba brevemente algún hombretón orgulloso de sus tedios y su valentía.

Y *Magdalena* cuadrábase con militar rigidez, cerraba la boca e inflaba los carrillos, aguardando que dos bofetadas, dadas al mismo tiempo con ambas manos, deshinchasen ruidosamente el globo rojo de su cara. Otras veces, los temibles personajes ensayaban el vigor de sus brazos sobre el cráneo de *Magdalena*,

4 **rastrillo**: puerta de hierro de una prisión.

5 **locutorio**: en las cárceles, pequeña estancia separada por una reja donde los presos pueden hablar con sus visitantes; **turba**: muchedumbre.

desnudo por la calvicie de repugnantes enfermedades, y reían del daño que las protuberancias del recio hueso causaban a sus puños.[6] El trompeta prestábase a estos martirios con un encogimiento de perro humilde, y creía vengarse después repitiendo aquellas palabras que eran para él un consuelo:

—Yo soy bueno; yo no soy valiente. Robitos nada más...; pero de sangre, ni una gota.

A las horas de comunicación presentábase su mujer, la famosa Peluchona,[7] hembra brava que le infundía gran miedo. Era la amante de uno de los bandidos más temibles de la cárcel. Traía a este la comida diariamente, procurando su regalo[8] con toda clase de viles trabajos. El trompeta, al verla, alejábase del locutorio, temiendo las arrogancias de aquel desalmado, que aprovechaba la ocasión para humillarle con algún golpe en presencia de su antigua compañera. Muchas veces sobreponíase a su miedo un sentimiento de curiosidad y ternura, y avanzaba tímidamente, buscando más allá de los tupidos enrejados la cabeza de un niño que acompañaba a la Peluchona.

—Es mi hijo, señor —decía con humildad—; mi Tonico, que ya no me conoce ni se acuerda de mí. Dicen que no se me parece. Tal vez no sea mío... ¡Ya ve usted, con la vida que ha llevado siempre su madre, viviendo cerca de los cuarteles, lavando la ropa a los soldados!... Pero nació en casa; lo tuve en mis brazos cuando pasaba enfermedades, y esto tira tanto como la sangre.

---

6 La caída del cabello y las **protuberancias** ('bultos') en el cuerpo son síntomas de las enfermedades venéreas o infecciones de transmisión sexual.

7 **peluchona:** aragonesismo por 'desgreñada, despeinada'.

8 Esto es, 'consiguiendo su comida exquisita (**regalo**)'.

Volvía a rondar temeroso, cual si preparase uno de sus hurtos, por cerca del locutorio, para ver a su Tonico, y cuando podía contemplarle un instante, se apagaban sus cóleras de cordero rabioso ante la cesta repleta que la mala hembra obsequiaba a su amante.

Magdalena resumía toda su existencia en dos hechos: había robado y había viajado mucho. Los robos eran insignificantes: de ropas o de monederos cogidos en la calle, por no tener ánimos para empresas mayores. Sus viajes habían sido forzados, siempre a pie, por las carreteras de España, marchando en un rosario de presos, entre los charolados o blancos tricornios que custodiaban la conducción.[9]

Después de ser «educado» en la banda de cornetas de un regimiento, habíase lanzado a esta vida de continuo encierro, con breves períodos de libertad, en los que se encontraba desorientado, sin saber qué hacer, deseando tornar cuanto antes a la cárcel. Era la cadena perpetua, pero cumplida «a pedazos», como él decía.

No organizaban los polizontes una batida de gente peligrosa que no figurase en ella *Magdalena*, manso ratón cuyo nombre mencionaban los periódicos como el de un temible criminal. Incluíanle en las conducciones de vagabundos sospechosos, sin delito conocido, que la autoridad enviaba de provincia a provincia, con la esperanza de que reventasen de fatiga en los caminos, y así había corrido a pie toda la Península, desde Cádiz a San-

9 Del traslado o **conducción** de presos de una cárcel a otra solía ocuparse la guardia civil (los **charolados o blancos tricornios**), que, como se verá más adelante, no siempre trataba con humanidad a los detenidos.

tander, desde Valencia a La Coruña. ¡Con qué entusiasmo recordaba sus viajes! Hablaba de ellos como si fuesen alegres expediciones, lo mismo que un estudiante sopista de la antigua tuna,[10] convirtiendo sus relatos en cursos de geografía pintoresca. Recordaba con famélico regodeo[11] la abundante leche de Galicia, los embutidos rojos de Extremadura, el pan castellano, las manzanas vascas, los vinos y sidras de los países atravesados por él con el petate[12] a la espalda, cambiando todos los días de guardianes, unos bondadosos e indiferentes, otros malhumorados y crueles, que hacían temer cuatro tiros disparados más allá de la cuneta de la carretera, y luego el papel justificando la muerte con un intento supuesto de fuga.[13] Evocaba con cierta nostalgia las montañas cubiertas de nieve o las rojizas y resquebrajadas por el sol; la marcha lenta por la blanca carretera, que se perdía en el horizonte como cinta interminable; los altos bajo los árboles, en las tórridas horas del mediodía; las tormentas que de pronto les azotaban en los caminos; los barrancos desbordados que obligaban a acampar a cielo raso; la llegada en plena noche a ciertas cárceles de pueblos, viejos conventos o iglesias abandonadas, donde cada uno buscaba un rincón seco, sin aires exteriores, para tender el petate; el viaje interminable, con la calma

10 **sopista**: estudiante que sobrevivía gracias a la caridad; **tuna**: o estudiantina, grupo musical de estudiantes que tocan sus instrumentos por las calles para divertirse o recoger algún dinero.

11 **famélico regodeo**: hambriento deleite.

12 **petate**: paquete con la ropa de cama que llevan los presos.

13 Para combatir el bandolerismo andaluz en el siglo XIX o reprimir el anarcosindicalismo en el XX, se creó la llamada **ley de fugas**, una verdadera ejecución extrajudicial. Para ello se aprovechaba el traslado a pie de un preso y, alegando que había intentado fugarse, se le disparaba a muerte por la espalda.

de una marcha sin objeto; las largas detenciones en lugarcillos de vida monótona, para los cuales era un acontecimiento la presencia de la cuerda de presos, acudiendo los muchachos al pie de las rejas para hablar con ellos, mientras paseaban a corta distancia las rapazas, a impulsos de una curiosidad malsana, para oír sus cantos y sus palabras obscenas.

—Unos viajes muy divertidos, señor —continuaba el ladrón—; para los que teníamos buena salud y no nos caíamos en el camino era lo mismo que ir de estudiantina. Algún palo que otro, pero ¡quién hace caso de eso!... Ahora apenas hay conducciones: a los presos los llevan enjaulados en el ferrocarril. Además, yo «estoy de causa»[14] y tengo que vivir encerrado... ¡encerrado por bueno!

Y volvía a lamentarse de su mala suerte, relatando la última hazaña que le había traído a la cárcel.

Un domingo de julio sofocante; una tarde en que las calles de Valencia parecían desiertas, bajo el sol ardoroso y un viento de hoguera que venía de las tostadas llanuras del interior. Toda la gente estaba en la corrida de toros o en las orillas del mar. *Magdalena* se vio solicitado por su amigo Chamorra,[15] antiguo camarada de encierro y viajes, que ejercía sobre él cierta superioridad. ¡Una mala alma el tal Chamorra! Ladrón, pero de los que van a todo, no retrocediendo ante la necesidad de hacer sangre, llevando la navaja pronta en compañía de las ganzúas.[16] Se trataba de «limpiar» cierta habitación a la que había puesto el ojo

14 O sea, 'estoy *encausado* ('sometido a un proceso judicial')'.
15 **chamorra**: cabeza rapada.
16 **ganzúa**: alambre fuerte con que pueden abrirse las cerraduras.

el temible sujeto. *Magdalena* se excusó modestamente. Él no era para tanto: no servía. Subir a una azotea y recoger la ropa puesta a secar; apoderarse con rápido tirón del bolso de una señora y salir corriendo... bueno; ¿pero fracturar puertas, arrostrando[17] el misterio de una habitación, en la que podían estar los dueños?...

Mayor miedo que este encuentro posible le inspiraba el mal gesto de Chamorra, y acabó por obedecerle. Bueno va; iría como ayudante, para cargar con los fardos, pero dispuesto a huir a la más leve alarma. Y no quiso aceptar una faca[18] vieja que le ofrecía el compañero: él era consecuente.

—Robitos, muchos; pero de sangre, ni una gota.

Entraron a media tarde en la estrecha escalerilla de una casa sin portera y con los vecinos ausentes. Chamorra conocía a su víctima: un artesano acomodado, que debía guardar buenos ahorros. Seguramente que estaba con su mujer en la playa o viendo los toros. Arriba, la puerta de la habitación cedió fácilmente, y los dos camaradas comenzaron a trabajar en la penumbra de los balcones entornados. Chamorra violentó las cerraduras de dos cómodas y un armario. Dinero en plata, dinero en calderilla, unos billetes enrollados en el fondo de un estuche de abanico, el aderezo de la boda, un reloj. El golpe no era malo. Su mirada ansiosa vagó por la habitación, queriendo apoderarse de todo lo aprovechable. Lamentaba la inutilidad de *Magdalena*, inquieto de miedo, los brazos caídos, yendo de un lado a otro sin saber qué hacer.

---

17 **arrostrar:** afrontar un peligro.

18 **faca:** cuchillo de gran tamaño y con punta que se suele llevar envainado.

—Coge los colchones —ordenó—. Siempre darán algo por la lana.

Y *Magdalena*, ansioso de acabar cuanto antes, penetró en la alcoba[19] oscura, pasando a tientas una cuerda por debajo de colchones y sábanas. Luego, ayudado por su amigo, hizo un rollo con todo, precipitadamente, echándose a la espalda el voluminoso fardo.

Salieron sin ser vistos, y marcharon hacia las afueras, a una casucha de Arrancapinos[20] donde Chamorra tenía su guarida. Este marchaba delante, dispuesto a huir a la primera señal de peligro; *Magdalena* le seguía trotando, casi oculto bajo el fardo, temiendo de un momento a otro sentir en su testuz[21] la mano de la policía.

Al examinar en el lejano corral el producto del robo, Chamorra mostró una arrogancia de león, entregando a su compañero algunas pesetas en calderilla. Lo hacía por su bien, pues era muy derrochador. Otra vez le daría más.

Luego desliaron el fardo de colchones, y Chamorra se arqueó, con los puños en los costados, riendo estrepitosamente. ¡Qué hallazgo!... ¡Qué regalo!

Magdalena también rio, por primera vez en toda la tarde. Sobre los colchones reposaba un niño pequeño, sin otra ropa que una camisita, los ojos cerrados, la cara congestionada, moviendo angustiosamente el pecho al sentir la primera caricia del aire

19 **alcoba**: dormitorio.

20 En el siglo XIX, **Arrancapins** era un suburbio que se encontraba extramuros de Valencia. Hoy es un barrio céntrico de la ciudad.

21 **testuz**: nuca.

libre. *Magdalena* recordó la vaga sensación que había percibido, durante su marcha, de algo vivo que se agitaba a sus espaldas en la gruesa envoltura. Un débil y sofocado gangueo[22] le perseguía en su fuga... La madre había dejado al pequeño durmiendo en la fresca oscuridad de la alcoba, y ellos, sin saberlo, cargaron con él al llevarse la cama.

Los ojos espantados de *Magdalena* interrogaron al compañero. ¿Qué hacer con el chiquillo?... Pero aquella mala alma rio lo mismo que un demonio.

—Para ti; te lo regalo... Cómetelo con patatas.

Y se fue con todo el producto del robo. *Magdalena* quedó dudando, mientras levantaba al niño en sus brazos. ¡Pobrecito!... Lo mismo que su Tono, cuando le dormía con el arrullo de sus canciones; lo mismo que cuando estaba enfermo y apoyaba la cabecita en su pecho, mientras él lloraba, temblando por su vida. Iguales piececitos sonrosados y tiernos; iguales carnes mantecosas, de una piel fina, suave como la seda... El niño había cesado de llorar, fijando con extrañeza sus ojos en el ladrón, que le acariciaba como una nodriza.

—¡Ajó, pobrecito! ¡Ajó, rey... niño Jesús! Mírame: soy tu tío.

Pero *Magdalena* cesó de reír, pensando en la madre, en su dolor desesperado cuando volviese a la casa. La pérdida de su pequeña fortuna sería lo de menos para ella. ¡El niño! ¿Dónde encontrar el niño?... Conocía a las madres: la Peluchona era la peor de las hembras, y él la había visto llorar y rugir ante su pequeño en peligro.

22 **gangueo**: forma de hablar o expresarse con resonancia nasal.

Miró el sol, que comenzaba a descender en un majestuoso ocaso veraniego. Aún tenía tiempo para llevar el niño a su casa, antes de que volviesen sus padres. Y si tropezaba con ellos, mentiría, afirmando haber encontrado al chicuelo en medio de la calle; saldría del mal paso como pudiese. Adelante; nunca se había sentido tan audaz.

Llevando el niño en brazos pasó tranquilamente por las mismas calles que había corrido sin encontrar a nadie. Arriba, igual soledad. La puerta estaba abierta aún, con la cerraja forzada. Dentro, las piezas en desorden, con los muebles rotos, los cajones en el suelo, las sillas volcadas y las ropas esparcidas, le infundieron una impresión de terror semejante a la del asesino que vuelve a contemplar el cadáver de su víctima mucho después del crimen.

Dio a la criatura el último beso y la dejó sobre el jergón[23] de la cama.

—¡Adiós, bonico!

Pero al llegar cerca de la escalera oyó pasos, y en el rectángulo de luz difusa de la puerta se marcó la silueta de un hombre corpulento, sonando a la vez con temblores de susto el agudo chillido de una voz femenil.

—¡Ladrones!... ¡Socorro!

Magdalena intentó huir abriéndose paso con la cabeza baja, como una rata asustada; pero se sintió agarrado por unas manos de cíclope,[24] acostumbradas a batir el hierro, y de un empujón rodó escalera abajo.

23 **jergón**: colchón de paja.
24 **cíclope**: gigante con un solo ojo de la mitología griega.

Aún guardaba en su rostro señales de las heridas al chocar con los peldaños y de los golpes que le dieron los enfurecidos vecinos.

—Total, señor: robo con fractura; me saldrán no sé cuántos años… todo por ser bueno. Pero ni siquiera me guardan consideración, viéndome «de causa» por un robo de mérito. Todos saben que el autor fue Chamorra, al que no he visto más…, y se ríen de mí, por tonto.

El dragón del Patriarca

TRADICIÓN VALENCIANA

Todos los valencianos hemos temblado de niños ante el monstruo enclavado en el atrio del Colegio del Patriarca, la iglesia fundada por el beato Juan de Ribera.[1] Es un cocodrilo relleno de paja, con las cortas y rugosas patas pegadas al muro y entreabierta la enorme boca, con una expresión de repugnante horror que hace retroceder a los pequeños, hundiéndose en las faldas de sus madres.

Dicen algunos que está allí como símbolo del silencio, y con igual significado aparece en otras iglesias del reino de Aragón, imponiendo recogimiento a los fieles;[2] pero el pueblo valenciano no cree en tales explicaciones, sabe mejor que nadie el origen del espantoso animalucho, la historia verídica e interesante del famoso «dragón del Patriarca», y todos los nacidos en Valen-

1 El arzobispo de Valencia **Juan de Ribera** (1532-1611) mandó construir en 1568 el Real Colegio Seminario del Corpus Christi, o **Colegio del Patriarca**.

2 El **cocodrilo** al que se alude (en realidad, un caimán) fue un regalo que el virrey de Perú le hizo a Juan de Ribera en 1600. Cuando el animal murió, fue disecado y colocado en una pared del **atrio** o vestíbulo de la iglesia del Patriarca. En los Bestiarios medievales se afirma que el cocodrilo es símbolo de silencio porque no hace uso de la lengua ni emite sonido alguno. Según la tradición de los valencianos, el caimán expuesto en el atrio, con su aspecto aterrador, amenaza con devorar a quienes hablen en el interior de la iglesia.

cia la recordamos como se recuerdan los cuentos «de miedo» oídos en la niñez.

~ ~ ~

Era cuando Valencia tenía un perímetro no mucho más grande que los barrios tranquilos, soñolientos y como muertos que rodean la catedral. La Albufera, inmensa laguna casi confundida con el mar, llegaba hasta las murallas;[3] la huerta era un enmarañado marjal[4] de juncos y cañas que aguardaba en salvaje calma la llegada de los árabes que lo cruzasen de acequias grandes y pequeñas, formando la maravillosa red que transmite la sangre de la fecundidad;[5] y donde hoy es el Mercado extendíase el río, amplio, lento, confundiendo y perdiendo su corriente en las aguas muertas y cenagosas.[6]

Las puertas de la ciudad inmediatas al Turia permanecían cerradas los más de los días, o se entreabrían tímidamente para chocar con el estrépito de la alarma apenas se movían los vecinos cañaverales. A todas horas había gente en las almenas, pálida de emoción y curiosidad, con el gesto del que desea contemplar de lejos algo horrible y al mismo tiempo teme verlo.

Allí, en el río, estaba el peligro de la ciudad, la pesadilla de Valencia, la mala bestia cuyo recuerdo turbaba el sueño de las

---

3 La **Albufera** de Valencia, una laguna de agua algo salobre alimentada por los ríos Júcar y Turia, tenía en la Edad Media una extensión de unos 30 km.

4 **marjal:** terreno bajo y pantanoso.

5 Los árabes construyeron alrededor de Valencia un complejo sistema de regadío mediante canales (**acequias**) cuya agua (**sangre**) fecundaba la tierra.

6 **cenagosas:** 'llenas de lodo'. El río Turia bordeaba la ciudad hasta que en el decenio de 1960 se desvió su cauce para evitar las peligrosas crecidas.

gentes honradas, haciendo amargo el vino y desabrido el pan. En un ribazo,[7] entre aplastadas marañas de juncos, un lóbrego y fangoso agujero, y en el fondo, durmiendo la siesta de la digestión, entre peladas calaveras y costillas rotas, el dragón, un horrible y feroz animalucho, nunca visto en Valencia, enviado, sin duda, por el Señor —según decían las viejas ciudadanas— para castigo de pecadores y terror de los buenos.

¡Qué no haría la ciudad para librarse de aquel vecino molesto que turbaba su vida!... Los mozos bravos de cabeza ligera —y bien sabe el diablo que en Valencia no faltan— excitábanse unos a otros y echaban suertes para salir contra la bestia, marchando a su encuentro con hachas, lanzas, espadas y cuchillos. Pero apenas se aproximaban a la cueva del dragón, sacaba este el morro, se ponía en facha para acometer,[8] y partiendo en línea recta, veloz como un rayo, a este quiero y al otro no, mordisco aquí y zarpazo allá, desbarataba el grupo; escapaban los menos, y el resto paraba en el fondo del negro agujero, sirviendo de pasto a la fiera para toda la semana.

La religión, viniendo en auxilio de los buenos y recelando las infernales artes del Maléfico[9] en esta horrorosa calamidad, quiso entrar en combate con la bestia; y un día, el clero, con su obispo a la cabeza, salió por las puertas de Valencia, dirigiéndose valerosamente al río con gran provisión de latines[10] y agua bendita. La muchedumbre contemplaba ansiosa desde las murallas la

7 **desabrido**: soso, sin sabor; **ribazo**: terreno inclinado en la margen de un río.
8 Esto es, 'se ponía en posición (**en facha**) para atacar (**acometer**)'.
9 Es decir, 'sospechando la participación malvada del Diablo (**el Maléfico**)'.
10 **latines**: 'conocimientos', pero aquí también, 'libros u oraciones en latín'.

marcha lenta de la procesión, el resplandor de las bizantinas casullas con sus fajas blancas orladas de negras cruces, el centellear de la mitra[11] de terciopelo rojo con piedras preciosas y el brillo de los lustrosos cráneos de los sacerdotes.

El monstruo, deslumbrado por este aparato[12] extraordinario, les dejaba aproximarse; pero pasada la primera impresión, movió sus cortas patas, abrió la boca como bostezando, y esto bastó para que todos retrocediesen con tanta prudencia como prisa, precaución feliz a la que debieron los valencianos que la fiera no se almorzara medio cabildo.[13]

Se acabó. Todos reconocían la imposibilidad de seguir luchando con tal enemigo. Había que esperar a que el dragón muriese de viejo o de un hartazgo; mientras tanto, que cada cual se resignara a morir devorado cuando le llegara el turno.

Acabaron por familiarizarse con aquel bicho ruin como con la idea de la muerte, considerándolo una calamidad inevitable, y el valenciano que salía a trabajar sus campos, apenas escuchaba ruido cerca de la senda y veía ondear la maleza, murmuraba con desaliento y resignación:

—Me tocó la mala. Ya está ahí «ese». Siquiera que acabe pronto y no me haga sufrir.

Como ya no quedaban hombres que fuesen en busca del dragón, este iba al encuentro de la gente, para no pasar hambre en su

11 La **casulla** es una vestidura sin mangas y abierta por los lados que los sacerdotes se ponen para celebrar misa; en este caso, lleva delicados bordados o adornos (**bizantinos**) y tiene una larga franja adornada (**orlada**) con cruces. La **mitra** es un gorro puntiagudo que emplean los altos cargos de la iglesia.

12 **aparato**: aspecto impresionante, lujoso.

13 **cabildo**: comunidad formada por los clérigos de una iglesia catedral.

agujero. Daba la vuelta a la ciudad, se agazapaba[14] en los campos, corría los caminos, y muchas veces, en su insolencia, se arrastraba al pie de las murallas y pegaba el hocico a las rendijas de las fuertes puertas, atisbando[15] si alguien iba a salir.

Era un maldito que parecía estar en todas partes. El pobre valenciano, al plantar el arroz encorvándose sobre la charca,[16] sentía en lo mejor de su trabajo algo que le acariciaba por cerca de la espalda, y al volverse tropezaba con el morro del dragón, que se abría y se abría como si la boca le llegase a la cola, y ¡zas! de un golpe lo trituraba. El buen burgués que en las tardes de verano daba un paseíto por las afueras, veía salir de entre los matorrales una garra rugosa que parecía decirle: «¡Hola, amigo!», y con un zarpazo irresistible se veía arrastrado hasta el fondo del fangoso agujero, donde la bestia tenía su comedor.

Al mediodía, cuando el dragón, inmóvil en el barro como un tronco escamoso, tomaba el sol, los tiradores de arco, apostados entre dos almenas, le largaban certeros saetazos.[17] ¡Tontería! Las flechas rebotaban sobre el caparazón y el monstruo hacía un ligero movimiento, como si en torno de él zumbase un mosquito.

La ciudad se despoblaba rápidamente, y hubiese quedado totalmente abandonada a no ocurrírseles a los jueces sentenciar a muerte a cierto vagabundo, merecedor de horca por delitos que llamaron la atención en una época en que se mataba y robaba sin dar a esto otra importancia que la de naturales desahogos.

---

14 **se agazapaba:** se escondía para estar al acecho.
15 **atisbando:** observando con cuidado.
16 El arroz se cultiva sobre un terreno cubierto de agua (**charca**).
17 **apostados:** situados al acecho; **saetazos:** tiros de flecha o saeta.

El reo, un hombre misterioso, una especie de judío,[18] que había recorrido medio mundo y hablaba en idiomas raros, pidió gracia.[19] Él se encargaba de matar al dragón a cambio de rescatar su vida. ¿Convenía el trato?...

Los jueces no tuvieron tiempo para deliberar, pues la ciudad les aturdió con su clamoreo. Aceptado, aceptado; la muerte del dragón bien valía la gracia de un tuno.[20]

Le ofrecieron para su empresa las mejores armas de la ciudad; pero el vagabundo sonrió desdeñosamente, limitándose a pedir algunos días para prepararse. Los jueces, de acuerdo con él, dejáronle encerrado en una casa, donde todos los días entraban algunas cargas de leña y una regular cantidad de vasos y botellas recogidos en las principales casas de la ciudad. Los valencianos agolpábanse en torno de la casa, contemplando de día el negro penacho[21] de humo y por la noche el resplandor rojizo que arrojaba la chimenea. Lo misterioso de los preparativos dábales fe. ¡Aquel brujo sí que mataba al dragón!...

Llegó el día del combate, y todo el vecindario se agolpó en las murallas, anhelante y pálido de ansiedad. Colgaban sobre las barbacanas[22] racimos de piernas; agitábanse entre las almenas inquietas masas de cabezas.

Se abrió cautelosamente un postigo,[23] dejando solo espacio para que saliera el combatiente, y volvió a cerrarse con la preci-

18 En la Edad Media los **judíos** tenían fama de magos.
19 **gracia:** indulto o perdón.
20 **tuno:** pícaro.
21 **penacho:** columna de humo que se eleva de una chimenea.
22 **barbacanas:** torres defensivas levantadas sobre una muralla.
23 **postigo:** puerta pequeña que se abre en otra mayor.

pitación del miedo. La muchedumbre lanzó una exclamación de desaliento. Aguardaba algo extraordinario en el paladín[24] misterioso, y le veía cubierto con un manto y un capuchón de lana burda, sin más arma que una lanza... ¡Otro al saco! Aquel judío se lo engullía la malhadada bestia en un avemaría.[25]

Pero él, insensible al general desaliento, marchaba en línea recta hacia la cueva. Justamente, el dragón hacía días que estaba rabiando de hambre. Quedábase la gente en la ciudad, y la fiera ayunaba, rugiendo al husmear el rebaño humano guardado por las fuertes murallas.

Vieron todos cómo al aproximarse el vagabundo asomaba por el embudo de barro el picudo morro de la fiera y sus rugosas patas delanteras. Después, con un pesado esfuerzo, sacó del agujero el corpachón escamoso por cuyo interior había pasado media Valencia.

¡Brrrr! Y rugiendo de hambre, abrió una bocaza que, aun vista de lejos, hizo correr un estremecimiento por las espaldas de todos los valencianos. Pero al mismo tiempo ocurrió una cosa portentosa. El combatiente dejó caer al suelo la capa y la capucha, y todo el pueblo se llevó las manos a los ojos como deslumbrado. Aquel hombre era un ascua[26] luminosa, una llama que marchaba rectamente hacia el dragón, un fantasma de fuego que no podía ser contemplado más de un segundo. Iba cubierto con una vestidura de cristal, con una armadura de espejos en

---

24 **paladín:** caballero que se ofrecía voluntario y se distinguía por su gran valor.

25 Esto es, 'se lo engullía la desgraciada o funesta (**malhadada**) bestia en un visto y no visto (en el tiempo que se tarda en rezar un **avemaría**)'.

26 **ascua:** brasa.

la que se reflejaba el sol, rodeándolo con un nimbo[27] de deslumbrantes rayos.

La bestia, que iba a lanzarse sobre él, parpadeó temblorosa, deslumbrada, y comenzó a retroceder.

El vagabundo avanzaba arrogante y seguro de la victoria, como en la leyenda wagneriana el valeroso Sigfrido marchaba al encuentro del dragón Fafner.[28]

Los rayos de la armadura anonadaban a la fiera. Su espantable figura, reproducida en la coraza, en el escudo, en todas las partes de la armadura con infinito espejismo, la turbaban, obligándola a retroceder. Al fin, cegada, confusa, presa del mareo de lo desconocido, se dejó caer en su agujero, y con un supremo esfuerzo, por conservar su prestigio, abrió la bocaza para rugir *¡Brrrr!*

¡Allí de la lanza! La hundió toda en las horribles fauces del deslumbrado monstruo, repitiendo los golpes entre los aplausos de la muchedumbre, que saludaba cada metido como una bendición de Dios. Los chorros de sangre negra y nauseabunda mancharon la límpida armadura, y enardecidos[29] por la agonía del enemigo, todos los vecinos salieron al campo. Hubo algunos que por llegar antes se arrojaron de cabeza desde las murallas, siendo con esto las postreras[30] víctimas del dragón.

Todos querían ver de cerca al monstruo y abrazar al matador.

---

27 **nimbo**: círculo luminoso.

28 El héroe **Sigfrido**, protagonista de la ópera homónima (1876) de Richard Wagner, desea conocer el miedo y, para ello, se encamina a la guarida de **Fafner**, un gigante transformado en dragón que custodia el oro escondido en una cueva. Tras matar a Fafner con su espada, Sigfrido sigue sin conocer el miedo.

29 **límpida**: sin manchas; **enardecidos**: excitados.

30 **postreras**: últimas.

¡Se salvó Valencia! Desde aquel día comenzó a vivir tranquila.

De tan memorable jornada no ha quedado el nombre del héroe, ni siquiera su maravillosa armadura de espejos. Sin duda se la rompieron en plena ovación, al llevarle triunfante de abrazo en abrazo.

Pero queda el dragón, con su vientre atiborrado de paja, por donde pasaron muchos de nuestros abuelos.

Y quien dude de la veracidad del suceso, no tiene más que asomarse al atrio del Colegio del Patriarca, que allí está la malvada bestia como irrecusable[31] testigo.

---

31 **irrecusable**: que no se puede rechazar.

a c t i v i d a d e s

El «femater»

Argumento y comprensión

1 Nelet abandona su vida ociosa para convertirse en *femater*. ¿Por qué lo ponen a trabajar con tan solo diez años? (pp. 9-10) El primer día que va a Valencia, ¿qué temores lo asaltan? (pp. 10-12)

2 Tras recorrer algunas calles con poco éxito, Nelet prueba suerte en casa de Marieta. ¿Qué obstáculos debe sortear para acceder al piso de su hermana de leche? (pp. 13-14) Sin embargo, ¿cómo lo reciben en la casa? (pp. 14-16) ¿Y cómo lo asombra Marieta? (p. 17)

3 A partir de ese día Nelet visita todas las mañanas a la niña. ¿Qué recuerdos conserva Marieta de su infancia en el campo? (pp. 19-21) ¿Quién la separó de la familia de Nelet y por qué motivo? (p. 21)

4 El niño siente un afecto fervoroso por Marieta. ¿Cómo corresponde a las atenciones que recibe en casa de su amiga? (pp. 24-25) Pasados cinco años, ¿qué cambios experimenta la muchacha en su aspecto y en su relación con Nelet? (pp. 25-27)

5 Aunque el protagonista trata de evitar que le arrebaten de nuevo a Marieta, pronto descubre que nada volverá a ser igual entre ellos. ¿Por qué no puede competir con el pretendiente que la corteja? (pp. 28-29) ¿Qué escenas y comentarios demuestran que a Nelet le han «robado» de forma definitiva a su ídolo? (pp. 30-32)

Temas y personajes

1 La impresión que Nelet recibe de Valencia y los recuerdos que Marieta tiene de su infancia en la huerta son radicalmente opuestos y reflejan el **contraste** entre el **campo** y la **ciudad**. Ese antagonismo se manifiesta también en las vidas de los dos personajes. ¿Qué busca un *femater* como Nelet en Valencia? ¿Para qué? (pp. 10 y 13) En cambio, ¿cómo cría don Esteban a su hija? (pp. 17 y 22)

2 El fracaso de **Nelet** demuestra la desventaja social de los labradores. ¿Qué cambios experimenta el personaje desde que acude por primera vez a Valencia para ejercer de *femater* hasta que cumple los dieciséis años? ¿De qué manera le gustaría reaccionar ante su adversario en el amor? (pp. 29) ¿Cómo interpretas, en fin, su decisión de trasladar su afecto a sus «terruños»?

3 Cuando Nelet se reencuentra con **Marieta**, la niña añora la vida en el campo y a su familia de adopción. No obstante, ¿de qué modo satisface su «amor propio»? (p. 17) ¿A qué se debe su posterior transformación? (pp. 25-26 y 30-32)

4 Los personajes de **don Esteban** y **don Aureliano** pertenecen a la misma clase social dominante. ¿Con qué rasgos pinta el narrador a cada uno de ellos? (pp. 19, 22 y 28-32)

La barca abandonada

Argumento y comprensión

1 El protagonista del cuento es *Socarrao*, un falucho de pasado glorioso que permanece triste y solitario en la playa de Torresalinas. ¿Cómo describe la barca el narrador? (pp. 36-37) ¿Y qué virtudes le atribuye el viejo Felipe? (pp. 37 y 39) ¿Cuánto tiempo lleva varado en la arena?

2 Orgulloso de haber faenado con *Socarrao*, el viejo pescador relata al narrador la «última correría» del falucho. ¿Dónde tuvo lugar la aventura del *Socarrao*? (pp. 39-40) ¿Qué transportaba la barca? ¿Quién la atacó y por qué? ¿Qué decisión se vio obligado a tomar el patrón de la barca? (p. 43)

3 En la playa de Torresalinas, ¿cómo reaccionaron hombres, mujeres y chiquillos al ver a *Socarrao* en apuros? (pp. 43-45) ¿Y los carabineros y el alcalde? ¿Qué le recomendó este último al patrón de la barca? Asimismo, ¿qué «chasco» se llevaron el contramaestre y sus hombres al internarse en la playa? (p. 47)

4 Tras burlar a las autoridades, ¿qué hicieron las gentes de Torresalinas con el cargamento de *Socarrao*? (p. 47) Según el pescador, ¿por qué razón «no se perdió ni una libra de tabaco»? Pese a su estado de abandono, ¿qué destino le aguarda al falucho? (p. 48)

Temas y personajes

1 El cuento plantea un **conflicto entre las antiguas costumbres**, en concreto el contrabando, y los **nuevos tiempos**, que han

traído consigo algunos avances tecnológicos y, sobre todo, la imposición de unas leyes impopulares. ¿Qué piensa Felipe de las «invenciones de los hombres»? (p. 40) ¿Y qué actitud adopta ante el contrabando? (p. 39) ¿A qué derechos y necesidades lo asocia? (pp. 39 y 47) De hecho, ¿por qué las gentes de Torresalinas tomaron partido por la tripulación del *Socarrao*? (p. 43) ¿A qué atribuye Felipe su convicción de que el falucho seguirá en poder del patrón? (p. 48)

2 La barca posee un **valor simbólico**: encarna un pasado que los habitantes de Torresalinas recuerdan con nostalgia, pero también es el elemento aglutinador de todo un pueblo y el símbolo de su **lucha por la supervivencia**. ¿Qué recursos emplea el narrador para describir la barca? ¿Con quiénes la compara? (pp. 36-37) ¿Cómo se llamaba y por qué le pusieron el apodo de *Socarrao*? (p. 39) ¿Qué imagen usa Felipe para describir el momento en que la barca abandona el mar? (p. 44) ¿Qué objetivo tiene «la rapiña» del falucho? (p. 46) Pero ¿qué dimensión simbólica adquiere?

Dimoni

Argumento y comprensión

1 Dimoni goza de una inmensa popularidad en la huerta valenciana. Aunque es el hazmerreír del pueblo, ¿qué talento del personaje despierta la admiración de sus vecinos? (p. 49-51) ¿Por qué su contratación les cuesta unas «buenas angustias» a los clavarios? En verdad, ¿dónde se siente Dimoni a gusto? (p. 52)

2 La vida de Dimoni da un giro cuando, a sus veintiocho años, se empareja con una pobre mujer a la que apodan la Borracha. ¿Qué tipo de vida llevan ambos? (pp. 56-57) ¿Por qué el narrador los asocia con «una pareja canina»? ¿Cómo cambia el aspecto del dulzainero a raíz de su enamoramiento? ¿Y el de la Borracha?

3 Para sorpresa y regocijo de los huertanos, la Borracha se queda embarazada. ¿Qué actitud adopta la mujer? (p. 58) ¿Qué consejos y sermones le dan los curas a Dimoni? Pero ¿cómo reacciona él? En consecuencia, ¿qué privilegios le acaban retirando? (p. 58 y 60)

4 La desgracia se ceba en el protagonista. ¿Qué les sucede a su mujer y a su hijo? (p. 60) ¿En qué estado se sume desde entonces Dimoni? (pp. 60-61) Pero ¿cómo reaccionan, en general, sus vecinos? ¿Qué «cambio radical» experimenta el dulzainero? (p. 62) ¿Dónde va cada tarde cuando cae el sol? (pp. 62-63) ¿Y qué hace?

Temas y personajes

1 **Dimoni** es un **«bohemio rústico»** que vive para su música y para el alcohol, del todo ajeno a las convenciones sociales.

¿De dónde procede su apodo? (p. 50) ¿Y cómo es su arte? (p. 55) En opinión de las mujeres, ¿qué rasgo físico distingue al dulzainero? (p. 50) Pero ¿qué estragos le ha causado su alcoholismo? ¿Qué herencia le dejó su madre? (p. 55) ¿Y qué hizo con ella?

2 En *Dimoni*, el **amor** actúa como una **fuerza transformadora** que hace del protagonista y de su amante personas dichosas y hasta cierto punto mejores, por más que su conducta transgreda las normas dictadas por la moral. ¿Qué rasgos caracterizan a la Borracha? (pp. 54 y 57-58) Pero ¿cómo la percibe Dimoni? ¿De qué modo cuida la mujer al dulzainero? ¿Y de sí misma?

3 Al fin, el sentimiento amoroso fracasa porque la pareja sucumbe al **alcoholismo** y a los **instintos primarios**. Así, según la imagen que emplea el narrador, ¿de quién sería hijo el «feto monstruoso y sin vida» que le arrancan a la Borracha de las entrañas? (p. 60) ¿Qué esperanzas habría albergado Dimoni con respecto al hijo? (p. 62) Pese a su extremo embrutecimiento, ¿qué acto artístico y amoroso dignifica al protagonista? (pp. 62-63)

4 Como es habitual en la prosa de Blasco Ibáñez, en el relato alternan las descripciones de resonancias líricas con unas **descripciones crudas**, de raíz naturalista, que confieren una **dimensión brutal y grotesca** a los protagonistas. Así, ¿con qué animales son asimilados la Borracha y Dimoni? (pp. 57, 60 y 61) ¿Y con qué se compara el vientre de la mujer? (p. 58) ¿Qué detalles hacen del velatorio y el entierro dos escenas tragicómicas? (pp. 60-61)

Golpe doble

Argumento y comprensión

1 «Golpe doble» se abre con una extorsión, la que recibe el labrador Sento en la puerta misma de su barraca. ¿Qué le exigen a Sento? (p. 65) ¿Qué plazo le dan? ¿Qué peligros corre si se niega a obedecer la demanda? Así, ¿qué le ocurrió a su vecino Gafarró? (pp. 65-66) ¿Por qué las autoridades no han puesto medios para atajar las amenazas que siembran el pánico en la huerta?

2 Sento no quiere acudir al alcalde, pero tampoco piensa ceder a las demandas de los extorsionadores ni perder las pertenencias que tanto sudor le ha costado reunir. ¿En qué consiste «toda su fortuna»? (pp. 66-67) ¿Qué es «lo más amado» para él? ¿A quién recurre en busca de ayuda? (p. 68) ¿En qué objeto se cifran todas sus esperanzas? ¿Qué nombre burlonamente cariñoso recibe este objeto?

3 Mientras espera la llegada de los bandidos, el labrador siente que el miedo se apodera de él, aunque ¿qué pensamientos le infunden valor? (pp. 70-72) ¿Cuánto tiempo se mantiene al acecho? ¿Y cómo lo cuantifica? ¿Qué sonidos le hacen compañía mientras tanto?

4 Al fin, los bandidos aparecen con el propósito de recoger los cuarenta duros. Sento reúne fuerzas para disparar, pero ¿qué le pasa al «amigo»? (p. 72) ¿Cómo interpreta el labrador lo sucedido? Sin embargo, ¿qué suerte han corrido en realidad los dos emboscados? (p. 74) ¿Qué sentido cobra el título «Golpe doble»? ¿Y con qué sorpresa se cierra el cuento?

Temas y personajes

1 A través del personaje de **Sento**, Blasco Ibáñez retrata en unos pocos trazos la vida de los **labradores de la huerta valenciana**. ¿Qué «batalla» ha de emprender Sento día tras día? (p. 67) ¿De qué se enorgullece y cuál es «su única afición»? ¿Qué diferencias hay entre su modo de ser y el de Gafarró y el viejo carcamal? Sin embargo, ¿qué turba «su calma de hombre bonachón» y por qué? (p. 67)

2 El **instinto de supervivencia** empuja a Sento a actuar con una violencia inusitada en él. No en vano, se ve obligado a buscar una solución individual para solventar dos problemas colectivos, el **abuso de poder** y la **corrupción política**. Al caer la noche, ¿qué sentimiento reina en la huerta? (p. 66) ¿Se ayudan los vecinos unos a otros? Según el viejo carcamal, ¿qué ha de hacer Sento para «defender lo suyo»? (p. 68) Por otro lado, ¿qué les dice el tío Batiste a las autoridades? (p. 65) No obstante, ¿qué intereses se esconden tras su autosuficiencia?

Un hallazgo

Argumento y comprensión

1 El recluso *Magdalena* se dirige al escritor para contarle parte de su vida y el suceso que le ha devuelto a la cárcel. ¿Qué humillaciones ha de soportar de otros presos y de su mujer? (pp. 76-77) ¿Qué consuelo encuentra a sus penas? (p. 77) Pese a los sinsabores de su existencia carcelaria, ¿cómo evoca sus viajes en compañía de otros presos? ¿Por qué? (pp. 80-81)

2 En el último periodo de libertad, un antiguo convicto le reclama su ayuda. ¿Qué le propone Chamorra? (pp. 81-82) ¿Cómo se excusa *Magdalena*? No obstante, ¿por qué cambia de opinión? (p. 82)

3 Llegados a la casa que quieren desvalijar, ¿por qué les resulta tan fácil el robo y cuál es su botín? (pp. 82-83) Sin embargo, ¿qué sorpresa les espera en la guarida de Chamorra? (p. 83) ¿Por qué regresa *Magdalena* al lugar de los hechos? (pp. 84-86) ¿Qué consecuencias se derivan de su noble conducta? (p. 86)

Personajes

1 Este cuento se centra casi por entero en su **protagonista**. ¿Qué tipo de delitos comete y cómo intenta restarles importancia? (pp. 75, 78, 81-82) La relación con su mujer y con otros convictos ¿qué rasgo de su personalidad nos revela? (pp. 76-77) ¿Y su reacción al descubrir al niño en el colchón? (pp. 84 y 86) ¿Qué significado simbólico tiene su apodo? ¿Cómo califica el narrador al personaje? (p. 78) ¿Por qué

el desenlace de la historia es, a un mismo tiempo, cruel e irónico con el protagonista? (pp. 86-87)

2 Frente a la figura inofensiva de *Magdalena*, el narrador opone a los «**presos de sangre**» y a **Chamorra**. ¿Cómo retrata a estos personajes? (pp. 76-77 y 81-82) ¿Qué críticas vierte a propósito de la conducción de presos y de la ley de fugas? (pp. 78-81)

El dragón del Patriarca

Argumento y comprensión

1 El narrador comienza el relato describiendo el dragón del Patriarca. ¿Dónde se encuentra hoy el temible animal y qué aspecto ofrece? ¿Qué sentimiento despierta entre los valencianos? (p. 89)

2 En el pasado, ¿dónde tenía su guarida y de qué se alimentaba? ¿Qué estrategias emplearon los habitantes de la ciudad para librarse del dragón y con qué resultados? (pp. 92-93) En consecuencia, ¿a qué se resignaron los valencianos? (pp. 93-94)

3 Cuando la situación era ya desesperada, ocurrió un hecho fortuito. ¿Quién se ofreció para matar a la bestia y por qué razón? (pp. 94-95) ¿Por qué los valencianos confiaban al principio en el personaje y se desalentaron llegado el día del combate? (pp. 95-96) No obstante, ¿con qué ingeniosa argucia logró el héroe vencer al monstruo? (pp. 96-97)

Una leyenda fantástica con rasgos de humor

1 Blasco Ibáñez ofrece una versión legendaria sobre el dragón del Patriarca. Ahora bien, ¿con qué **datos geográficos** e **históricos** enmarca el relato para dotarlo de cierta **credibilidad**? (p. 90)

2 El tono general del cuento es, sin embargo, **fabuloso**. ¿Qué cualidades **extraordinarias** posee el animal al que se designa «dragón» y «monstruo»? (pp. 92-94) ¿Qué semejanzas tiene este relato con el mito griego de Perseo y Medusa y, sobre todo, con la leyenda de San Jorge?

3 El autor adereza la leyenda con una serie de rasgos **irónicos y caricaturescos**. ¿En qué se distingue el anónimo vagabundo del típico héroe? Por otro lado, ¿por qué resulta paródica la intervención del clero y de qué manera deja entrever el narrador la simplicidad de la gente del pueblo? (pp. 92-96) Anota algunas de las expresiones humorísticas que emplea el narrador a lo largo del relato.

Vicente Blasco Ibáñez (1867-1928)

En mayo de 1921 se organizó en Valencia una semana de festejos para rendir un fervoroso homenaje a Vicente Blasco Ibáñez, que ya era por aquel entonces una figura de fama internacional. Apenas unos meses antes, el escritor había disfrutado de un viaje triunfal por Estados Unidos, donde las productoras cinematográficas, las editoriales y los periódicos más importantes lo habían tentado con espléndidos contratos. Aunque el valenciano solía alardear de sus éxitos, lo cierto es que se había convertido en uno de los escritores que más dinero ganaba en el mundo. Para llegar a una situación tan privilegiada, que despertaba la envidia de muchos literatos españoles, tuvo que recorrer un camino lleno de obstáculos. Dotado de la personalidad arrolladora de un verdadero hombre de acción, Blasco Ibáñez llamó a las puertas de la fama desde frentes muy distintos y con suerte desigual.

Nació en Valencia el 29 de enero de 1867. Sus padres, que regentaban una tienda de ultramarinos, quisieron encaminarlo hacia la carrera eclesiástica o la práctica de la abogacía, y, a fuerza de insistir, consiguieron que el joven Blasco Ibáñez se licenciara en Derecho. Sin embargo, el futuro escritor se sentía seducido por aventuras muy distintas. Su espíritu rebelde y el poso romántico de sus múltiples lecturas alentaron en él la vocación política y el afán de escribir, hasta el punto de que, años más tarde, reconocería estar poseído por «el demonio de la novela».

Ya en su juventud, Blasco Ibáñez destacó como agitador entre las filas del republicanismo local y fue elegido diputado a Cortes. Convencido del poder de la prensa periódica como instrumento político y pedagógico, en 1894 fundó el diario *El Pueblo*, que utilizó para arremeter contra la monarquía borbónica y la Iglesia, y para reclamar una sociedad más igualitaria.

Durante aquellos años, el valenciano se reveló como un escritor incansable. Cada madrugada, después de entregar a la imprenta el número correspondiente de su periódico, se dedicaba a escribir. Así fue publicando sus cuentos y sus novelas ambientadas en Valencia, unas obras de impronta naturalista, nacidas de la observación directa de la realidad, que ofrecían un retrato descarnado de su entorno inmediato. A través de las desdichas de unos personajes degradados a «bestias humanas», Blasco Ibáñez denunció sin descanso toda suerte de injusticias sociales. Hizo de la burguesía el blanco de sus sátiras en *Arroz y tartana* (1894), plasmó la sacrificada existencia de los pescadores del Cabañal en *Flor de mayo* (1895) y diseccionó la vida en las aguas estancadas de la Albufera en *Cañas y barro* (1902).

Con todo, fue en *La barraca* (1898) donde más atinadamente describió la miseria moral y la barbarie a la que se ven abocados los desfavorecidos. La acción de esta novela, situada en la huerta valenciana, narra la lucha denodada de una familia por sobrevivir en un entorno abiertamente hostil, una sociedad donde la codicia de los poderosos convive con la ignorancia y los bajos instintos de un pueblo anclado en ideas caducas.

En 1905, tras la dramática escisión de su partido político, Blasco Ibáñez se trasladó con su esposa y sus cuatro hijos a Madrid, convencido de que allí se encontraba el centro de la vida literaria española. En Madrid, se consagró al negocio editorial y siguió escribiendo novelas sociales, como *La catedral* (1903) o *La bodega* (1905), con las que trataría de reafirmar su credo republicano y progresista. No obstante, al escritor le aguardaban años convulsos: en 1907 renunció a su acta de diputado y, poco después, inició una relación con la chilena Elena Ortúzar, por quien acabaría abandonando a su esposa.

Asimismo, pese al éxito del que seguiría gozando con novelas como *Sangre y arena* (1908), Blasco Ibáñez decidió dejar la literatura para buscar fortuna en Argentina, donde había comprado dos vastas colonias agrícolas. De esta aventura regresaría arruinado a París en vísperas del estallido de la Primera Guerra Mundial. Tras visitar las trincheras, el autor, partidario de las potencias aliadas, escribió la novela *Los cuatro jinetes del Apocalipsis* (1916), cuya repercusión en Estados Unidos le permitió rehacerse de la ruina económica. Gracias a los ingresos que le proporcionaron esta y otras obras, Blasco Ibáñez se estableció con su segunda esposa en la majestuosa villa de «Fontana Rosa», en la localidad francesa de Menton.

Mientras la bonanza económica colmaba sus delirios de grandeza y le permitía codearse con la alta sociedad de la Costa Azul, Blasco Ibáñez no dudó en liderar, desde Francia, una campaña política contra Alfonso XIII y el general golpista Primo de Rivera. En sus últimos años, escribió algunas novelas nacidas, como *El Papa del mar* (1925), del deseo de defenderse de quienes le habían acusado de traidor a la patria. Estas obras, no obstante, fueron juzgadas como un claro síntoma de su declive literario.

Blasco Ibáñez murió el 28 de enero de 1928 en su villa de Menton. Su deseo de ser enterrado en Valencia se cumplió en 1933, dos años después de que se proclamara la Segunda República por la que tanto había luchado.